风

Wind towards the Pacific Ocean

Urban Poet 2023

迎向太平洋的城市诗人 2023

上海城市诗人社 / 编
孔晓敏 高雯珺 / 主编
瑞箫 / 执行主编

上海社会科学院出版社

主　　编　孔晓敏　高雯珺
副 主 编　徐之宾　虞　洁　施小君
执行主编　瑞　箫
编　　委　慕妮卡　康洁丽　王宝琛
　　　　　陈锡娇　裘新民　海　客

屋顶花园，诗的聚会（代序）

赵丽宏

  题记：上海社会科学院文学研究所的朋友约我为上海城市诗人的诗集作序，想起多年前写的这篇文章。此文写于2008年，是对当年的黄浦区文化馆诗歌组（即后来的上海城市诗人社）最初活动的回忆。遥远的往事，仿佛仍在眼前。上海城市诗人社从成立到现在，已有四十多年历史，在喧嚣的闹市中，诗歌的聚会一直没有中断，这是一个奇迹。感谢诗歌，使一代又一代追随缪斯的人热爱生活，热爱生命，用诗展示心迹，保持着青春的活力。我这篇文章中写到的，只是诗社早期的活动，可以为这本书做一个先导。

2024年8月20日于四步斋

  南京路上的那个屋顶花园，今天还在吗？我和一群年轻的诗人坐在那里喝茶、吟诗，似乎就在昨天，然而掐指算来，竟是二十六七年前的事了。翻开我多年前编的诗选，有那时候写的诗歌，其中有一首题为《捧着蜡梅走过南京路》：

  捧着两枝盛开的蜡梅
  我走过人头济济的南京路

所有的眼睛都注视我
不管是花枝招展的少女
还是衣冠楚楚的老者
目光里
一律流露着羡慕

我把蜡梅举过头顶
突然产生了少有的满足
今天，在这缤纷人流中
我使所有的一切
都相形失色——
听，一个清泠泠的声音在喊
　给花儿让路
　给花儿让路

　　这首诗，写在 1980 年春天，我确实有过捧着蜡梅走过南京路的经历，写的是当时那种奇异美妙的感觉。那时去南京路，就是为了赶赴诗社的活动，心怀着诗情，即使走过喧闹的街道，也能感觉有诗意扑面而来。
　　上海黄浦区的城市诗人社，已经有将近三十年历史了，可以说，是伴随了中国改革开放的整个过程。这个诗社活动的地点，是在上海最热闹的南京路上，一批又一批年轻的诗歌爱好者，在这个诗社中参与活动、交流诗艺、展现才华。我不能确定这个诗社起始于何时，在我参与这个诗社之前，它已经存在。那时我还在华东师范大学上学，已经发表了很多诗歌，上海年轻的爱诗者都知道我。邀请我参加诗社的，是黄浦区文化馆的干部王玉意，一位热心勤勉的青年女诗人，她是诗社活动的组织者。这个诗社能够长期生存，是因为有黄浦区文化馆的支持，为它提供人员、场地和资金。我参加诗社后，成为这个诗社的召集人。那是20世纪70年代末80年代初。诗社活动的时间总是星期天，十来个人，经常在黄浦区文化馆的屋顶花园里聚会。这个屋顶花园，在旧时上海很有名气，1917年就是先施公司的屋顶游乐场，当时，这里是南京路上的最高建筑，灯红酒绿、夜夜笙歌，有人卖笑，有人买醉，有人寻美猎奇，有人无聊打发时光。六十年之后，这里居然成为一群年轻诗人的聚会之地。诗人们坐在花丛中，一杯凉茶，两袖清风，每个人都拿出自己新写的诗歌，吟诵、欣赏、互相评论。诗人们的性格不一样，有的人慷慨激昂、旁若无人、大声朗诵，有的人腼腆地涨红了脸，声音小得如蚊子。在诗歌面前，人人平等，没有一个人会被取笑，朗诵者是真诚的，评论者也是恳切的。热闹的南京路就在楼下，在楼顶也能感觉喧闹的市声，然而在屋顶花园中聚会的这一帮人，沉浸在浪漫诗意中，仿佛这世界上只有自己心里的诗句在回响。

那时，除了聚会交流诗歌，也举办过几场诗歌朗诵会，文化馆有小型剧场，每次都吸引了几百位听众。朗诵者都是业余文艺爱好者，而朗诵的诗作，就是诗社成员的作品。记得我们编过一些诗集，大多是油印的集子,非常简朴。我们也编过一本铅印的诗集,是诗社成员的作品合集,没有论资排辈,每人自选一组,大家都可以在其中展现自己的风格。那本铅印的诗集,小小的开本,蓝色的封面,在当时,就是很像样的诗集了。

当时经常参与诗社活动的,有刘国萍、缪国庆、梁志伟、魏滨海、陈放、史益华、沈晓、高元兴、梁能、沈林森、陈柏森等人,桂兴华从安徽回上海后,也常常来参加我们的活动。诗社的成员身份各不相同,有大学生、工人、科技工作者、企业干部,大多是二十多岁的年轻人。来自南汇的沈晓,不到二十岁,是一所农业中专学校的学生。每次参加诗社的活动,他要花大半天时间从南汇赶来。在诗社成员中,他年龄最小,也最腼腆,说一句话脸就红。参加诗社后,他的一些诗歌在《上海文学》和《萌芽》发表,引人注目。毕业后,他成为一个农场的负责人,业余还时常写诗。其他诗社成员,后来都先后出版了自己的诗集,有几位多年来一直活跃在诗坛。王玉意后来随夫陪读去了英国,梁能去美国留学并在那里工作,虽然已经很少联系,但相信这屋顶花园的诗歌聚会,仍会是他们心中珍贵的记忆。

二十多年过去,当年的诗社成员,都已人过中年,他们大多已成为作家协会的会员。诗歌并没有为他们带来多少名和利,但多少改变了他们的人生。一个孜孜不倦在寻找诗意的人,精神状态总是年轻而生机勃勃的。令人欣慰的是,当年的诗社,并没有因为我们的离开而散伙,不断有新的年轻的诗歌爱好者加入,他们办诗报，编诗刊，组织朗诵会，活动比当年搞得更活跃。在上海市中心的这个城市诗人社，如同"铁打的营盘，流水的兵"。我想，这是诗歌的骄傲，是文学的骄傲，也是这个城市的骄傲。

2008年1月22日于四步斋

目　录

第一乐章　黄浦江畔的光影
——上海城市诗人社作品精选（2023）

1　一首在城市里信马由缰的诗（选）………… 程　林 2
2　截句几首………… 铁　舞 6
3　"一江一河"、"星耀"外滩………… 杨绣丽 9
4　……内心生活…………… 梁志伟 12
5　上海女人………… 秦　华 15
6　点亮………… 曹剑龙 17
7　我们说说吃药的话题………… 裘新民 19
8　光影………… 沙　柳 21
9　上海的早晨………… 曹小航 24
10　还是这一面墙——八一三抗战纪念馆
　　………… 宗　月 25
11　少年少女陆家嘴………… 海　客 27
12　卖花………… 梦中人 28
13　时光的走廊………… 陈曦浩 29
14　在临港，抒写春天………… 王晓云 31
15　夜行班车·写在台风边上………… 西　厍 33

1

16	私藏月亮是有罪的（外二首）	
	………（呆呆）胭 痕	34
17	一条鱼，刚刚放生……… 戴约瑟	36
18	2020-6-13纪事……… 浅 酌	38
19	城市的窗口……… 管龙根	40
20	灯……… 贾 彦	42
21	苏州河沿岸的记忆……… 李耀宇	44
22	一日二记（18日）……… 泥 巴	45
23	开往"人民广场"的地铁（外一首）	
	……… 枫 肥	47
24	大海收藏了另一个我（外一首）……… 崖丽娟	49
25	活水公园……… 甘美珍	51
26	五月，在钟书阁……… 魏玲丽	53
27	淮海路上躲雨……… 朱德平	55
28	头皮雪飘临上海滩……… 海上大虾	57
29	悬崖菊……… 涧 鸣	59
30	桂花香……… 水晓得	60
31	研讨会开幕式……… 楼如岳	61
32	在公交枢纽站……… 丁少国	62
33	在高桥古镇，聆听岁月的回声……… 箫 鸣	63
34	路过人间……… 本 思	65
35	为上海写的一组……… 瑞 箫	66

第二乐章　海上风帆
——上海城市诗歌精选

海上风帆——上海诗人作品选

36　苏州河夜航（外一首）………… 赵丽宏　70

37　车过甜爱路（外一首）………… 张　烨　74

38　递送之神……（外一首）………… 陈东东　77

39　美术展览馆构图（外一首）………… 孙晓刚　80

40　今晚，我在时思庄园（外一首）………… 冰释之　84

41　外白渡桥以南（外一首）………… 古　冈　86

42　我的手掌，我的浦东………… 安　谅　88

43　临港观海记（外一首）………… 汗　漫　90

44　如海的大街，鱼眼翻涌（外一首）………… 程　庸　92

45　吊罐果遗………… 许德民　95

46　复旦游泳馆夜观天象（外一首）………… 肖　水　97

47　城市的另一面（外一首）………… 海　岸　100

48　闸北初秋（外一首）………… 茱　萸　103

49　夜行………… 陈　仓　106

50　都市战场（外一首）………… 段　钢　107

51　冬日………… 王霆章　109

52　完美爱情只有十六分之一的可能………… 小鱼儿　111

53　冲将（外一首）………… 舒　冲　113

54　雨中日记………… 陈柏康　115

55　人子………… 火　俊　117

56　两房两厅（外一首）………… 陶　泥　119

3

57 尘世里的人………… 许云龙 121

58 比纸还白的脸（外一首）………… 张春华 123

59 上海………… 李 斌 125

海上花——上海女诗人作品精选

60 外白渡桥（外一首）………… 语 伞 127

61 原来的路………… 王舒漫 129

62 等车………… Anna 惠子 131

63 脆皮乳鸽（外一首）………… 羽 菌 132

64 一个不婚主义者在英国的梦（外一首）
………… 千 夜 134

65 北京西路常德路口（外一首）………… 艾 茜 136

66 礼物（外一首）………… 米绿意 138

67 城市落日（外二首）………… 李小溪 140

闵行诗社青年园地

68 生石花与蒲公英………… 陆 涵 141

69 城市与尘世………… 徐 瑾 142

"城市漫游者"团体的诗

70 灰雀………… 朱春婷 143

71 审慎的物欲………… 陈铭璐 144

72 陆家嘴………… 严 天 146

73 迫近………… 邢 瑜 147

74 第三十三个春天………… 屠丽洁 148

75 地下城………… 钱芝安 149

76 卡尔维诺的隐形衣………… 黄艺兰 150

第三乐章　城市的心跳
——全国城市诗歌精选

内地诗人作品选

77　龙年长安（外一首）………… 伊　沙　153

78　西安标杆书店（外一首）………… 刘亚丽　155

79　石榴花（外一首）………… 笨笨.S.K　159

80　许愿树（外一首）………… 左　右　160

81　广仁寺（外一首）………… 黄　海　162

82　自由宣言………… 轩辕轼轲　166

83　地铁（外一首）………… 祁　国　167

84　白雪棋盘（外一首）………… 沈浩波　169

85　灵境胡同（外一首）………… 周瑟瑟　171

86　像杜拉斯一样生活（外一首）………… 安　琪　174

87　有夕阳的林荫道（外一首）………… 刘不伟　176

88　建筑大学　城市和乡村的桥梁………… 武眉凌　178

89　从现在开始，从春天开始（外一首）
　　………… 子　石　180

90　白河故事（外一首）………… 君　儿　182

91　我是怎么被淘汰的（外一首）………… 图　雅　184

92　哈尔滨初秋的晚上（外一首）………… 马永波　186

93　无诗歌（外二首）………… 车前子　189

94　平江路小曲（外一首）………… 小　海　191

95　半夜西湖边去看天上第一场大雪（外一首）
　　………… 梁晓明　194

5

96　这城市（外一首）………… 傅天琳　196

97　写在大渡口，工业博物馆………… 李元胜　200

98　一条街道的光阴………… 赵晓梦　202

99　东郊记忆（外一首）………… 李亚伟　203

100　它不是别的花朵（外二首）………… 黄礼孩　205

101　昆明物语（外一首）………… 鲁　娅　208

102　留守家长（外一首）………… 金小杰　210

103　沉默已久的笔张开了嘴………… 项美静　212

香港诗人作品选

104　奇迹列车………… 饮　江　215

105　痛苦让你坐下来（外一首）………… 云　影　218

106　他把自己挂壁在墙（外一首）………… 招小波　220

107　影子比光更明亮（外一首）………… 吴燕青　222

澳门诗人作品选

108　这苍白的人间（外一首）………… 龚　刚　224

109　澳门，2024（外一首）………… 贺绫声　226

110　热岛效应（外一首）………… 太　皮　228

111　为了这样的生活………… 陆奥雷　230

112　情人节之后（外一首）………… 雪　堇　232

第四乐章　舞动在航线上
——海外城市诗歌精选

美国华语诗人作品选

113　纽约………… 严　力　235

114　春天………… 冰　果　238

115 树魂（外一首）………… 陈铭华 239

116 事的四季歌………… 张　耳 240

117 简约………… 寒山老藤 241

118 国庆日与儿子在海边………… 陆地鱼 242

119 波士顿的地铁——给哈金（外一首）
………… 王家新 244

120 纽约的一朵孤云………… 杨　皓 246

121 三分颜色（外一首）………… 林　静 247

日本诗人及旅日华语诗人作品选

122 下雨时最温柔的去处………… 华　纯 248

123 迷失在东京………… 河崎深雪 250

124 夜的搭扣………… 春　野 251

尾声………… 252

第一乐章
黄浦江畔的光影

上海城市诗人社作品精选（2023）

1　一首在城市里信马由缰的诗（选）

程　林

（一）

高楼林立的陆家嘴
如同我书桌上
插满水笔铅笔圆珠笔的笔筒
随便拿一支
都可以用欲望的母语
写出宏大的诗篇

（二）

这场大雨
正在清洗城市的伤口
那些撑伞的人
不是讳疾忌医
就是自我感觉良好

你看，你看
那个在雨中摔倒的人
紧咬着牙关
脸上分不清是雨水

还是泪水

(三)

当外滩的黄浦江
像乡下一条普通河流的时候
那些阳光下
闪耀着光芒的高楼大厦
甚至没有一片野树林和不知名的小花
更具蓬勃的生气

我喜欢旷野上无边的寂静
那是各安其命巨大而无声的生长力量
人们太相信自己的无所不能
即使在亿万年的光阴里
在见证万物的天空下
还不如翻越我指尖的一只蚂蚁

(四)

一个新闻像台风一样
迅速刮遍这座城市
肯定是最好或最坏的消息
不痛不痒的刺激
根本无法唤醒市民们粗壮的神经

我不会在一面镜子中

寻找自己
因为那面镜子是世俗的玻璃

我更喜欢在苏州河边
和一座桥一起，认识自己
因为与河流相比
只有桥是永恒的现在

（五）

我喜欢坐在路口的咖啡馆
看下班的人流匆忙地左转或右拐
似乎每个人都有确定的方向

如同山间的溪流被一块巨石挡住
水花四溅，然后急速地夺路奔泻而下
那些回家的应酬的约会的各怀心事的河流
在红绿灯前汹涌着咆哮着
像挂着空挡的宝马发动机在轻微颤抖

下班的马路突然变小了
人流车流像夏季的河水漫过了河床
但苏州河的河水是缓慢的宏大的
既有细支末流又可奔流如海

那些高楼大厦的岛屿华灯初上

如同春天漫山遍野的花儿开了
但我没有闻到鸟语花香
全是城市噪声和不达标的汽油味

其实我和你们一样
只是想躲避拥挤的地铁,下班后
故作悠闲地坐在路边的咖啡馆
用一首诗给压抑的生活捅一个小洞
透进风来,却道天凉好个秋

2 截句几首
铁 舞

城市诗歌

我的诗行就是一排排树
触摸我的每一寸皮肤,抱抱我吧!
听听我在水泥森林里的心突
风声雨声都已写成了史书

种植一株白兰花的理由

我不能向她献上一份清香
却想用我自己的方式留得一份
耳畔一直回响着地铁口那个风流老妪
"栀子花""白兰花"的叫声

医院重症室所见

这里没有枪炮的围攻
只有静悄悄的慢性厮杀
有活人看着活人
生命和死神做不对等的对话

晨记

一睁一闭眼窗外已白,有几声鸟鸣
喧闹开始,街道开始热腾
万物的静默顿被淹没,小小地球不安宁
世界本应该只是几片星云

在西岸美术馆看康定斯基画

黄昏之花的一角是一种音乐幻觉
红白蓝的构图,粉红色的基调
点、线、面,都是色彩的旋律
连我的四肢都带上了节奏的镣铐

地铁里

那人低着头按手机。想必
发送诗和远方。我收到了一条消息:
"陌生人我想和你说话。"
那是惠特曼从老人河发来

传说

传说人是鱼变的。得到消息时
在疾驰的地铁里。我开始做还原的想象
眼前有一条条穿着衣服的鱼
我摸着了尾骨处,原来还有甩水的功能

电子门铃

电子门铃一按就唱起来了
动听犹如鸟鸣　听之仿佛置身山林
一次次按　一次次听
真想随这鸟鸣步入山径

3 "一江一河"、"星耀"外滩

杨绣丽

一座怀揣闪闪发亮的灯火的城市
有光影流动,高耸入云的夜晚
这是外滩的夜晚,熠熠生辉的夜晚
我们在此邂逅、相逢、称颂
在新月般的地形上
打开上海万国建筑雍容、华贵、
晶莹的石雕图像
灯光浸染每个沸腾的时辰
在辽远的海关钟楼上璀璨、飞舞

在这里,我们见证了"百年光影秀"的
主题灯火,在波光粼粼的夜幕中
红色的光束照亮了
直冲云天的人民英雄纪念塔
灯光的手指打开了历史的星链
300多栋建筑犹如300多个水晶球依次点亮
无人机像银色的梭子,编织
党徽、石库门、一大会址、
天安门、长城、繁星、烟花交错的图案……
"开天辟地""改天换地"

"翻天覆地""经天纬地"
这四幕巨型灯火是流光溢彩的岁月舞台
呈现波澜壮阔的历史征途

光的语言点亮了信念之火
游船和乐曲流淌着辉煌
这是精雕细琢的浦江夜景
水景瀑布、堤岸灯光、防汛墙庭院灯、
"多杆合一"的景观灯火……
这是新时代外滩灯光秀的全方位优化提升
步道、建筑物、天际线
光芒的能量之手,打造丰沛的四季
托举东方海派的精彩明珠

"星耀"黄浦江,迷彩苏州河
在这里,我们同时迈进了"影动外婆河"的光影幻境
在黄昏到来之前,火车携带着樱花谷的馨香
向苏州河的梦境里挺进
这是月光下的外婆河
这是老外滩风情的暖心画作
"冥想步道"中的字形投影
互动"彩蛋"里的扫码创意
还有定制的蝴蝶灯、萤火虫灯
雾炮机、雾森机摇曳出光影里的婆娑林荫
五彩缤纷的漫天气泡有童话中的梦幻游乐

这里有"影子的旅行",有不锈钢薄片的"沉鱼落雁"
虚实交错的鸽群影像
白天融入墙面,晚上飞翔夜空
以影为媒、以光入画
外滩正"向光而生",我们正"向光而生"!
这是东方的馈赠
"一江一河"、"星耀"时代
夜空满目星辉,我们都梦想成真!

4 ……内心生活……
梁志伟

冥想归于幽静
我的天也快黑了……

荒原里冷冷亮青灯
屋檐下吹着微凉风
枯藤老树上花瓣渐渐凋零……
黄昏闪红夕阳渐去渐远……

我常独自一人
坐梁园别墅阳台上

……望月亮听星星……

月亮那边高悬着
父母师恩之光
星星那里传来
发小陌生而熟悉的声音

海峡那边的鸽哨亦静音
常念叨的干妈断了音信

茫茫人海我不再留恋功名
书房里铮亮奖杯常刺伤眼神

我越来越爱聆听淡淡的旋律
一杯清茶一眼默契一世衷情

冥想总躲不过回忆电影
我的天也快黑了……

东方月光下我还会放映浪漫多情诗情

虽然我睡梦中才又看到启明星
我只能祈祷夜空

……慢慢黑慢慢黑……

我快成月光下静默一族
但我还是发现
远方有一个声音
正向我飘来

……正翻山越岭……

我最怕那一段还来不及表白的爱情
在还没拥抱她之前

已掉落在迎接她的月色山道上

……映成一地碎银……

5 上海女人

秦 华

一

高跟鞋与高发髻以及旗袍与吴侬软语
水的女人从前门到后堂
一字一字地甩着蝶翼
拥抱男人细腻的爱
用实力与智慧忙着与诗歌调情
捏一撮泥巴走喜欢的地方
等远方没有的光景
侧目的河隔阻上海滩的星辰
一瞥久久的微笑探索城市的高低

二

秋季的口红深处是这个世界的色彩
"乌泥泾被"天下扬名
五颜六色的上海软糖粘住了心情
后院的宁静藏着软软的小秘密
樱桃也有软的笑容
昨天灶披间用寂寞擦净的灶台心火
你吸收母亲的乳汁慢慢地长大

一生未完的梦让后人完成

太多坎坷的目光中

母亲的眼神融化成一场人生

三

曾经的曾经

起雾的灯光降落在一叠安静的稿子里

一次次拉长澎湃之间的距离

飞水流伤的情意疾转

淡薄的笑脸转眼成了回忆

上海的耳膜都有曾经的痕迹

那些刻骨铭心的瞬间跳跃式存在

记忆轻轻地泛着微光

四

给日子撒点调料

回味油盐酱醋茶

思维漂在超市开门的瞬间

和街道里的老人们唠家常

每一个生与活的霓虹被繁华充斥

包含童年的酱油泡饭

包裹青春的裙裾

无法想象没有女人诗歌的上海是个什么情景

6　点亮

曹剑龙

太阳下去时
掉成一枚火柴头
"嚓"地响一声
划出彤彤晚霞
我相信
等到夜幕盖上来
定被灯光烧漏

这是凌晨三点的城市

这是夜的时光
裸露的白亮
在霓虹灯下晃荡
酒嗝味的嘶喊更响
灯晕被搡进豪车
鬓影燃烧
暧昧的气息释放

与此同时
各大医院前门

乌压压一排黑色长龙
月光被夜色挤扁
从远方赶来的病人
不及诊疗
又落下疼痛

7　我们说说吃药的话题
裘新民

那年你出了事
我辗转着要去看你
你找个理由就搪塞过去
这次我突然发病住进医院
你又找个借口一定要来看看我
许多事总拗不过你，这次也一样
病房里多了点　来苏水的气味
我们已经不说风月，也不说儿女
坐下后只是问起最近吃什么药
是的，世事沧桑
我们都已到了吃药的年纪
相互交换着对药物的种种感情方式
我稔熟地说着二甲双胍、倍博特、他汀
就像当年谈论一本流行的新书
那一个个名词，新鲜、拗口、亲切
谈论 BP 机、伊妹儿、大哥大
寄托着生活的某些厚望
几十年了，药物又成了你我的共同话题
时间也一下子慢了下来
说着药，说着病

说着病，又说着药
说着药到病除之类的安慰
这个下午，风声雨声被关在窗外
你来，真好
我们说说吃药的话题

8 光影
沙 柳

从树隙间照射下来的这缕光
被你从一个角度抓住
也让你再一次证明
枫，可以摇身一变
成为细碎无数的光影

这丁达尔效应幻化的形体
多么美
穿过时光透明的隧洞
洒下来
照亮人生
这种虚幻的存在
也是一种美

来这人间一趟
回首已人世沧桑
这束光洒在你身上
终会灿烂一场

从夏白德所呈现的状态里

你有笔直的手杖
可以挺直你的腰板
可以成为扫除黑暗的力量
此刻，正启开新时代的华章

光影与幻景交错
翩跹，那蝶又驻足在红叶旁
纸张和笔墨在这一刻
几乎悄然退场

又突然鲜活，成为娇艳的花
灵动的蝶跃然纸上
那美丽无比的翅膀轻轻扇动
笔端在纸上便掀起海啸

你抓住的这一束美丽
没有任何人能理解或知道

光影来来回回
从侏罗纪时代转过来
你——拍摄者
是否幻化成一只恐龙
正眯着眼睛享受这束光亮

手中的光圈幻化成快乐的泡泡

撒欢的小狗以及脚底下的花花草草
在时光的刻度里，陪伴
温暖着家人

你说我该有多么喜欢
此刻，我看不见山也没有树
唯有，你的影子

那些所有看不见的花朵以及心中无限思慕的明月
都是你

9　上海的早晨
曹小航

地铁呼啸而过
车厢聚集七十二家房客
我的胳膊肘往外拐
背包是一只手机的旅行
拉杆箱插在脚与脚的缝隙

玻璃窗浮出广告屏
"两人一马　共享天涯"
草原天路
蒙古包在远方召唤
每一张脸都是江湖

集中沿地标性的回字
走向工地　学校　大厦
窗口
每个人的背弓
垫起城市的斜坡
起起伏伏

10　还是这一面墙——八一三抗战纪念馆
宗　月

从四行仓库的一面墙上
我读到了这些——

先是读到弹孔
读到伤口
后又读到一些数字：
14 年抗战
800 壮士
如果读成 80 周年，应该就是 2017 年

我不想，也不能！把它们读成
0（零）
它们每一个
是张大的嘴巴，是悲怆的呐喊
它们连着的两个，就是一双愤怒的眼睛

我多么愿意把它们读成
句号！

这一面墙啊，曾经替四万万同胞

守国土，御外辱
至今仍可看到它当时
英勇抵抗的模样

多少年过去了
还是这一面墙，又替我
沉浸在 1937 年

提醒我
什么时候都不能忘记那些
突然响起的枪声

11　少年少女陆家嘴
海　客

少年少女在水色嫩黄
性感的唇边，临江
伫立着新的靓装

玻璃大厦裸着光的胴体
股票、期货、科创板
透亮着资本偾张的流量

楼宇，蓬勃着茂盛乌发
惹得太平洋对岸
白发三千丈……

来自昆仑的一江春潮
少男少女支撑腾空
在陆家嘴支点上

一次次跳跃
浪花——
溅成太平洋上星光

12 卖花
梦中人

栀子花
白兰花
春天到来
处处花香
阿婆到处兜
不是去看花
为了儿子结婚
阿婆到处卖花
老西门到南京路
走了一步又一步
侬一枝
伊一朵
家家人家留花香

13　时光的走廊

陈曦浩

上海老城厢的深巷
一条时光的走廊
收藏了多少沧桑？

元朝的雕楼，站老了岁月
站成了历史展馆里的雕像
明清的老宅，支撑着旧样
诉说着哀怨、悲凉

曾是春闺推开的嫩窗
百岁老妪还在回望
当年的唢呐喧哗
好气派的迎亲排场

海外探亲的老翁
独在深巷里徘徊
他能否找到儿时
那滚铁环稚童的模样？

终于，秋雨染黄了树叶

夜色把街灯点亮
一层又一层，暮归的人们
踩着自己飘落的时光走向遗忘

夜深了，过街楼的老唱片
还在翻唱旧时的《夜来香》
唱针切开一圈圈裂纹，隔断了时光

14 在临港，抒写春天

王晓云

当黎明的光
勾勒浦江东岸漫长的海岸线
我以一颗小水滴的姿态勇立浪尖
在春的晨曦中铺展一卷巨幅
浓墨重彩　书写未来

这是叱咤风云的疆场
是智慧攀越极限的见证

我们以创业者特有的气质
夜以继日
日以继夜
谱写辉煌求索的篇章
手指在键盘上飞舞
每一次敲击，都是一次跋涉
每一张蓝图，都蕴藏着一个奇迹

这是春
最写意的手笔
字里行间，蓬勃着无限生机

青春，饱蘸创业的激情
孵化无数梦想
在时代的纵向发展轴与国际的横向发展轴上
在已知与未知的世界
融合衍化
创一座未来之城

15　夜行班车·写在台风边上
西　厍

台风之舌已经舔到窗前杨树的
每一张叶子。一个婴儿
让这一切止于窗前，而我做不到
台风直抵我忧惧的中心和
每一根神经末梢：我对儿子说
明天高铁应该停运你可以
不用出差了。在电话里我叮嘱父亲
这两天别出门了，窗户关严实
不去管院场外折断的竹子
等风过去再说。风很快就会过去
我的忧惧所及当然也包括
杭州湾和更绵长的海岸线，但是显然
我把话说大了。这是神管的事
我的祈祷多半无力抵达神耳
我的祈祷是说给自己听的。这是我
唯一能做的：向神示弱
是唯一减少忧惧的办法。我已无法回到
一个婴儿，让一切，止于窗前

16　私藏月亮是有罪的（外二首）

（呆呆）胭痕

水蘸空。
白云镇飘来飘去
那里的居民会不会织布

一个人在异乡靠着街道栏杆，这座城市会不会撞上冰山
郊外的农药厂冒着浓烟
河边雅舍。芭蕉叶尖凝成的一滴露珠，正要偷渡
到底有没有月亮？这笼中的至美之物
罪无可恕，遍地都是它吃剩的骨头

岁末帖

隔岸无旧人。多么伤怀的结尾
恰似这缭乱的一叶信笺

当你抬头
月亮裹着水汽，又在清算一地旧账册
结余的是灯盏

明亮。温暖。雷霆般的流逝
一个古人用它炼成铜鼎

上面的铭文至今无人能懂。磨损的是黑,一团团
一簇簇。翻滚无度让人胆寒

墙角。树影。穷巷。公交站台,一枚雪花贴紧少女脸颊
世界在荡漾。远天的星啊,别哭。江水捂着脸,走不回
故乡

下楼去

屋顶如群峰。
暮色上升到脚踝,香樟树有远行之身

窗子中
的美少年,抛出属于他的禁锢之美

从前的路上
我听到了:松针。落花。一个古人松开手中的酒盅

我孤胆的兄弟,茫然于一桌春色
像一个漩涡。置身在人潮中

17　一条鱼,刚刚放生
戴约瑟

新春,踏入东方渔人码头
我也美成了一条鱼

我的记忆之鳍,穿越百年
巨大的吊车、斑驳的缆绳桩
依然静候归航的汽笛与铁锚
而一群年轻创业者,早以
机器人的巧臂,先我挥别了
一个传统工业老去的时代

我的好奇之鳃,呼吸惊讶
秦皇岛码头,我登上一代伟人
送行先驱的船舱,血染风云历程

大桥人人屋　党建服务站
我大步闯入杨浦转型的门槛
扬起杨浦大桥新世纪的帆

我的爱美之鳞,意合春风
芦苇、水草,婆娑我的舞姿

树荫、花丛，陶醉我的诗意

陆家嘴高俏盛装，隔岸向我举杯
海鸥与游轮，携手前来伴奏
我俨然大道上令人刮目的风景

滨江的路、先人的梦，正在延伸
而我，一条鱼刚刚放生

18　2020-6-13 纪事
浅　酌

常德路 195 号某个房间
依然门窗紧闭。你站在对岸
看了又看，被仰视的那个高个子女人
会不会穿着她自己设计的旗袍
款款而出，会不会也向她的对岸
乜斜上那么一眼

去康定东路 85 号
据说只需乘三站 21 路泰兴路下
便能听到一个小姑娘
在对着门缝说话。那里
骨牌总是呱嗒呱嗒响个不停
而李鸿章的顶戴花翎
才摘下不久
是啊，总有咳嗽声
送走
间隙的鸟鸣

和女诗人中子，就这么

兴匆匆而来，又兴匆匆地坐在
那家叫"万皇酒家"的临街窗口
起开早先朋友赠的小瓶装"七宝熊猫"

19　城市的窗口
管龙根

我喜欢看新闻
那里有许多窗口
一家挤在上海经典区域的包子铺
因为城改,因为不经典而不安

我猜想,老板是从农村来
他一定是怀揣一粒麦子的梦
带上村口磨盘的呓语
追着潮流而上

于是,逐梦的滩涂终于成岸
像上海滩
像一群打工仔
像一个个包子铺
他找到了梦的锚地

就是一个包子铺

十多年了,他不断反复揉面
要揉出个人样

这是他的名片
他像个磨盘碾压每一道褶
还要加入一份深深的敬畏之心
他只想蒸出一锅锅的生活气息
闹市的屋檐下缺少的那口气

终于,他树起了麦香的口碑
获得了城市港湾的认证
从此,他与黎明一起擦亮城市的窗口
麦子的使命

20 灯
贾 彦

分裂的光
预言一种背叛
温暖的呻吟中
我成为影子的同谋
灯的反光,漫过一地水银
成为子夜的燃烧和呼吸
成为穿透的思想和柔软的身体

灯在夜里
分泌一种灵魂的香液
过滤着世间的噪声
它让所有路过光的人
在思想的锋芒里
脱去尘埃的窠臼
此时此刻,生命在不停裸泳

彼岸是花朵的传世之作
杯盏的泪水不停呢喃
我们在这个世界里彼此坚守
并且对春天做出纯洁的暗示

灯仿佛夜里的一件兵器
它的锋刃，犹如我的锐角
它的划痕恰似被礁石打碎的海浪
无色的红和静寂的白

在夜色的内部掏出故人的荒凉
钢铁金属的嘴唇和肉体
去惩罚来自天空的原罪
灯下，所有的酸楚、麻木和不安
抵挡来自生活以外的烦扰
"那些疼痛的青春，逝水年华中的人"
我会再次正视自己的孤独
今天隐姓埋名，黑夜已经无可救药
灯抚慰着夜空，在日光下立下字据
我们都将在光的刑戮中终老一生

21 苏州河沿岸的记忆
李耀宇

我在血脉之中徜徉
便于记忆。它们不是
喧闹,也不是那样繁华
和那几百年历史的、见证的故事
徐徐展开,缓缓道来
为此,那儿有"四行仓库"的锁头
和一种枪林弹雨。另有"外白渡桥"
延伸着。它们都历经沧桑
她身体的内部,或是她纯粹的
血管。它们不会停息,但它们
能够防止老化
这些徜徉让人回忆。这些徜徉
是标记那条河流的走向,让我们见到
我们拥有现代的创意工业园区
"邮政大楼"还保存着上世纪原貌
这个安静的血脉,也见证着
普通人年复一年的生活
城市的印象都变得清晰,记忆
不会消失,确定了这生命线

22　一日二记（18日）
泥　巴

清晨

如果不写诗了
我依然会感激诗歌，它用一次次向外的
游走，重建了我的生活
仿佛另一个人生，是诗歌重新擦亮了我
身上的光芒

我记得
我曾经的喑哑、灰暗和沉默。但现在
好起来了，借助于我准备
将之放下的诗歌
昨晚，我再一次，复习了江水霞光，和
天幕中半轮皎洁的月亮。

但，它们已经不再
代表一个人的孤单清高和理想了。我的
爱人在人群中，而我坐在长椅上
返回了生活。今早，在沿着街道去买早餐的
路上，我再一次感觉到，我爱这种

琐碎的细节，了解一杯奶和
一根玉米的芬芳

午后

写作是一种重生
是多年之后，自己把自己重新分娩了一次
但这一次是洁净的，像灰烬
写作也是一种自救
把沼泽里窒息的人，放在明亮的纸上，给他
干净的呼吸

写作可能一直持续下去
也可能突然就停止了。他们互相进入
诗歌里的泥巴和现实中的黎长岭

在接近十年的分离后
他们再一次合二为一。午后，我走上六楼
为了妻儿的午休，制止了装修的噪声

礼貌而且严厉。请注意，周末的装修是违法的
这时候，我是说，它同时违反了长征镇的公约
和一首诗里遵循的秩序

23 开往"人民广场"的地铁(外一首)
枫 肥

门的那边的那边
还是门
门的里面的里面
有着不同的
你 我

我们面无表情
穿行 交叉于城市心脏
还会擦肩、摩擦
美好、纠结在手机屏幕内上演
以及深处不愿触碰的雷区
随呼啸声飞驰

下一站,将有 18 个出口
门那边的那边
还是门
门里的门里
出现不同的你我

开始选择

出口

在申报馆旧址喝咖啡

城市的天空
开始淅沥
打湿旧人眼眶
一伸手，脱落的阳光
往尘埃里泛起烟火

战火在报纸背后喘息
叠叠又重重
广告，结婚启事，自由谈
小说连载在泛黄的纸上
无声告白
旧事密密麻麻

往昔容许侧身而入
故人，故事
此生追寻，场景一个个
留下点滴痕迹
抬头凝望
灵魂开始摆渡

24 大海收藏了另一个我（外一首）
崔丽娟

你把心置于孤岛
封锁一切救援的航道
漫长的沉默，尽头是死海
失踪，是名词还是动词
我的灵感没有方向
溺水的诗，苦等返回的目光打捞
它们都不是鳄鱼，游不上岸
海藻缠绕橹桨，爱情小舟覆亡
生活利斧劈开一条深深海峡
幽闭沉默的心，从此害怕波浪
那跌宕起伏的蓝光
被一生泪水收藏

午夜，荷尔蒙

梦被摔成支离破碎的镜子
舌头自说自话，在黑暗中反驳
没有对手辩论的伪命题
窗外交错的线条
在明与暗的两极摇摆
偶尔有荷尔蒙的香氛潜入梦境

无论睡着,还是醒来
或者半梦半醒
都无法改变时间恒定的路径
直到鱼肚白惊醒夜空
高楼,正提心吊胆
躺在变形的镜面上假寐
她按捺不住想向他,复述
失眠的因由,荷尔蒙却在凌晨
睡——着——了

25　活水公园
甘美珍

在活水公园，抵达每一步都有惊喜

恰到好处的红色建筑
独特三角，九宫格排水设计
让天与地
前卫摩登，互为照亮

走上台阶，仿佛龙宫畅游
一个个鱼鳞状的小池塘
实现雨水的揽收、洗净和妙用

抬头视线处
四个大金蟾蜍威风凛凛瞪着天眼
透视六道、虚无及未来

徜徉在一幅画中
竹枝长青不败，在风中摇曳
木质牌楼
上面雕刻龙飞凤舞的图案，古朴而自然
仿佛融入远古的某个部落

打造微缩环保的试验田
圆滚滚的叶片,跳动着露珠
还有个福气的名字,铜钱草
配衬细长如剑的香蒲
一柔一刚,相得益彰

一个最小的零能耗的海绵式公园
为有源头活水来
尘世间,留住一泓清澈

26 五月,在钟书阁
魏玲丽

泰晤士小镇,一座英式尖顶房子
砖木结构的外墙、窗棂
小心步入玻璃铺就的地面
足下是书,头顶是书
四壁的书更多
一栋会思想的房子,坐拥智慧
此刻,沐浴着五月的阳光

我用大半天的时间流连于此
从窗口眺望,对面的钟楼加重了
书香的分量,也覆盖
神秘的阴影
尖顶的阁楼,像宇宙天体
运行中的星辰
供人阅读,更引人遐想
这隐秘之境中,古今中外的
哲人、画家、诗人和
科学家的思想,交会于此
它们经由这个春日相遇
我们或许能带走一部分,或许不能

当我们离开,灯火熄灭
那么多相似或不同的声音
包容、冲突,窃窃私语
我只能在意念中看到
它们在幽暗的房间闪出雷电
或擦出火花

27　淮海路上躲雨
朱德平

一下子满地开花
像一幅莫奈的《睡莲》
止步于它绽放的图景

是被征服了
只能躲进
全国土特产商店
听师傅讲南风肉的趣事
时序八月
是它诱人的开始

光明邨那边还在排队
阿姨爷叔坚守着
可能不仅是酱鸭和油爆虾
那是一种暧昧

三联书店很安静
虽然进去了许多躲雨的人
但人手一卷
多像从前的读书人

淮海路真美，那梧桐
躯干苍劲，叶脉鲜活
湿淋淋，在酿造新生命

28　头皮雪飘临上海滩
海上大虾

姗姗来迟的冬季
在上海滩
有许多等雪的人
仰望天际
等待　是一种幸福
不管你的钱包是鼓还是瘪
现在很多人
都习惯了手机支付
那些只是数字
以及后面的几个零而已
其实。幸福是一种内心的感觉
而幸运　则可遇不可求

开动美食的动力火车
为了
热气腾腾的老鸭白菜汤
去超市买棵新鲜的黄芽菜
加上白豆腐和黑木耳
炖一锅汤　感觉再好不过了

零下 2 摄氏度的气温

并不知道寒冷

穿越马路时

没有找到横道线

有点冒险　也值得

忽然　头顶上凉飕飕

仰望天　原来是下雪了

雪花　零零散散

像天筛上漏下的些许糯米粉

稀稀拉拉的不过瘾

冲进钱大妈生鲜超市

我对漂亮的女营业员喊

外面下雪啦

是哦？

是的。一点点雪好像"头皮雪"

年轻的女营业员

脸上顿时笑成了一朵花

选购的顾客们

忍不住都笑了

感觉幸福来得那么突然

29　悬崖菊*

涧　鸣

伫立于老街民宿的一面外墙
我着手菊展实习作品的构图
选择小花繁密茎干坚韧的花枝
裁剪组合扎成几络悬垂的花柱
疏密有致分布均匀
宛如金色飘带引人注目
我不禁感到十分欣喜
赶紧拍照留下劳作的一幕

同窗左看右看
眉宇间透着质疑
设计大体不错
但总感到缺了点灵气
菊花亦仿佛耳语
让我回到悬崖去
那里是我的根基
那里有星辰流云险峰峭壁……

---

* 第十届中国花卉博览会开幕之日，写于上海崇明。

30 桂花香

水晓得

弄口桂花树下空了
如同她言语前先笑,被看见的
缺口一样
少了守门

第一句总是调侃式的家常
晨曦贴脸菊花开放
月华淌老眼几点星光

树叶
掉下
轻得像一只猫走去

一切都照常,一切又不一样
桂子有点多,有点浓,也有点爽
你相信吗?香气也会有雕塑感
在这里

31　研讨会开幕式
楼如岳

又一个开幕式
键盘敲出宽阔的大海面，沸腾了今日潮汐
你是苹果九代，我只苹果五代
No time to say goodbye

大舞台的好兵帅克
演了一个帝国角色，微小挑战了极大
庄严程序插入了极其轻松的逻辑
不管是否转场，继续追寻
坚定的少年大卫

另一个开始。云何其盱
专辑，专辑，专辑。有序排列，熬过
宁静致远的时刻

32　在公交枢纽站
丁少国

公交车已在站口探出大半个身段
站外扬手不会停车,这个惯例,我懂

只差两步,我就能入站
此前的十步,为何每一步不能加快一秒

这十秒的错失,须花费四十分钟
来等候 23:18 的末班车

此前的五十步,绝不能加快
红绿灯下,一双自由主义的脚表现出足够的克制
这是我进城后养成的好习惯

此前的一百步,在地铁上
那么多乘客,没有一个人
去催促司机师傅开快点,这个我也懂

腊月的风,就喜欢窜到空荡的地方
专门挑逗车站里的落单人
这个,我最懂

33 在高桥古镇，聆听岁月的回声
箫　鸣

漫步在高桥古镇，越过砖瓦屋宇
我努力将自己的目光
抬得高些，再高些

这样，既能远眺八百年历史
亦能看清古镇今天
是如何承传你中有我、我中有你的

推开西街 167 号凌氏民宅
高桥人家的烟火气
携手四世同堂，扑面而来

在高桥绣球馆，一幅《蒙娜丽莎》绒绣画
其直逼原作的几可乱真
尽显非遗文化魅力

走进钱慧安纪念馆，也就走近了
"海派宗师"的生平
而一转身，就走进了"叶辛高桥书房"

还有老宝山城遗址、王家祠堂
清溪府、御碑亭……
那么多的历史遗存
都回荡着岁月的回声

漫步在"万里长江口,千年高桥镇"
我努力将精神提升到一个新的高度
为的是
——趋近"仰先堂"的圣迹伟业

34　路过人间
本　思

路过人间　渐行渐远……

一张张模糊的脸
在醒着的梦中浮现

美女　美酒　朋友
在闹市中逢场作戏

买卖片刻的满足与欢愉
也算是一种公平交易

路过人间　渐行渐远……

我和我的马
嗒嗒嗒——
奔向天涯

35　为上海写的一组
瑞　箫

1

跃起来的时候
我看到了这个城市
无边无际
腐朽的黑夜里
剥开了一个灿烂的奇迹

2

逐渐逐渐暗淡下去
冬天微温的炉火
我被围堵着
这无形的杀机
穿过这冷漠
在这个不属于我的城市里
我怎么能
在陌生的阳光中间

3

在黑暗的强光中奔驰

忽明忽暗
我手持一张蓝色的磁卡
我听见自己痛苦的心跳
放大在人群里
随着人群走出闸机验票口

4

夜晚的悬铃木下
这么多的城市女人
像风中摇摆的玻璃瓶
灯火灿烂
一个女人侧卧在城市之上
她手抚胸口
她告诉你什么是最好的

5

我只看见巨大的光
飞到天上
雨落下
双层巴士开过
一颗心脏
一条胸衣
列车呼啸着来到守候在地下的
焦虑的人群中间

6

坐在地下商场喝杯热咖啡
三月尾的黄昏
上面的世界在下雨
淫雨霏霏
我感到寒冷
躲在温暖的咖啡里
像呓语和做梦
在乡下
火热的灶膛里
有喷香的稻草和金黄的火焰
燃烧在黑暗中
烟雾弥漫
我渐渐迷失
在暗红的灰烬里

7

夜晚
霓虹灯亮起来
淮海路缓缓流淌着
玻璃窗里一件璀璨的旗袍
绣满金色细瘦的蝴蝶
蜻蜓透明的翅
振动在光中

第二乐章
海上风帆

上海城市诗歌精选

海上风帆——上海诗人作品选

36 苏州河夜航（外一首）
赵丽宏

最后一缕晚霞
融化在蜿蜒的河里
天地间一切随之模糊
夜色是魔法师的幕布
戏法迎面而来
眼神五光十色

河流从天上挂落
挂成飞动的瀑布
星光月光灯光波光
糅合成一片迷蒙晶莹
天在水里，船在天上
人在水天间沉沉浮浮

河上夜鹭飞旋
雪花般掠过幽暗
掠过往昔的浑浊
时光在水影里层层叠叠
雪浪四溅

溅起久违的清澈

航船是一条沉默的鱼
被流水轻轻拥抱
探头四望
岸畔楼群如山峦
灯火闪烁的窗户
是万点星辰洒落山坡

潮声在夜籁中飘飘悠悠
飘悠如一声遥远长叹
叹不尽河道的曲折
闻一闻湿润的风
有清凉的甜蜜
也有温暖的苦涩

夜鹭拍拍雪白的翅膀
栖落在河畔树丛
树影鸟影在潮声里叠合
因为树,飞鸟便有了根
因为鸟,树林也有了翅膀
沉静和翔舞,在夜幕下会合

和一只鸟对视

书房的窗台上

飞来一只不知名的鸟
隔着透明的窗玻璃
不动声色地凝视我
它的眼睛那么明亮
像两颗小小的宝石

停止了惯常的啁啾
它只是用目光问我：
喂，坐在电脑前的呆子
为什么不出来走走
是谁把你绑在椅子上
让你变成了一块木头

我看着鸟儿忍不住微笑
你以为我那么可怜
小小蜗居不如树上的鸟窝
告诉你一个秘密
我心里也有一对翅膀
常常飞出封闭的书房
飞到任何我想去的地方

我心里有一棵树
树根连着大地
树冠伸展在天空
我的树天天都会开花

我的落叶在风中飘飞

我的树上也常常飞来小鸟

躲在我的绿荫里唱歌

鸟儿默默凝视我

黑宝石的目光闪闪发光

它突然展开翅膀

转瞬就飞离了窗台

窗外的树荫里

传来它变幻莫测的歌声

37　车过甜爱路（外一首）
张　烨

初春
梧桐枝头跳跃着嫩绿的希望
汽车在清新的柏油路上奔驰
一个声音在车后追赶
呼唤着我的名字

车过甜爱路没有停下

我抓牢摇晃的把手一声也不响
仿佛来时并不明了，我为何
梳理得如此整洁优雅
为何在衬衣的领口，悄悄地
别着一朵清馨的春兰，为什么
一路上胸口悸动脸颊发烫

可这一切
微笑在路边的梧桐
旧时相识的飞鸟都知道

车过甜爱路

没有停下，我一声也不响
心中的天空正在下雨

外白渡桥

月光潺潺流淌在外白渡桥

"我永远爱你
除非你哪天不再爱我。"

这就是你爱的深度了
我的神情蓦然暗淡，为自己的魅力
不能将你的心儿永久占有
你下半句话不说出该有多好
你下半句话不说出我会感到幸福
幸福有时候是瞬间的满足

但我发觉自己在愈加爱你
由于你的坦率　诚实
由于你音色温存、深沉如桥下的波澜
是的，即使你哪天不爱我
我还是爱你的
不然世上就不存在痛楚的
无望的爱了

这情感我必须深藏，必须深藏

只有岁月才能证实
但我不愿这样的一天降临在
夜深人寂的外白渡桥

你甜柔的眼神漾开了我的微笑
可你不知道，不知道
月光像淡黄微酸的

柠檬汁缓缓流注我心头

38　递送之神……（外一首）
陈东东

递送之神盔边的绿翅膀，裁剪
邮局，题献给飞翔
它被人戏称为亮光的建筑
在晨星下，在黎明和持续抵达的
黎明，这邮局的轮廓是

迅速扩展的钟声之轮廓
这邮局的形象，是吴淞江岸北
片面的诗意。它肩头的钟楼醒目地
象征——它更绿的倒影
斜刺桥拱下滞涩的浊流

而它的阴郁偏于西侧，那里
旧物质，还没有全部从昨夜褪尽
一个清洁工挥舞扫帚
一个送奶人回味弄堂口
烟纸店女儿的水蜜桃屁股

——黑橡皮围裙渐渐被照亮
邮局之光却仍然遮挡住

完整的晦暗。石库门。老闸桥
略早或略远处棚户区涨潮
陡坡上邮差的自行车俯冲

外滩

花园变迁。斑斓的虎皮被人造革
替换。它有如一座移动码头
别过看惯了江流的脸
水泥是想象的石头,而石头以植物自命
从马路一侧,它漂离堤坝到达另一侧

不变的或许是外白渡桥
是铁桥下那道分界水线
鸥鸟在边境拍打翅膀,想要弄清
这浑浊的阴影是来自吴淞口初升的
太阳,还是来自可能的鱼腹

城市三角洲迅速泛白
真正的石头长成了纪念塔。塔前
喷泉边,青铜塑像的四副面容
朝着四个确定的方向,罗盘在上空
像不明飞行物指示每一个方向之晕眩

于是一记钟点敲响。水光倒映
云霓聚合到海关金顶

从桥上下来的双层大巴士

避开瞬间夺目的暗夜

在银行大厦的玻璃光芒里缓缓刹住车

39 美术展览馆构图（外一首）
孙晓刚

我眼睛的两对曲线
自由延伸在纯宝蓝的大块色域
我的睫毛淋落水晶的云雨
我停顿了
但我在呼啸
任透明的颜料把我漱洗

我是橙黄的民族
我成了宝蓝的邻居
我是商业性广告
艺术的宝邸
我搬进
人类在滤析自己淳真的结构
我去买支画笔　就在隔壁

香味

南
城市中见赌棍一气喝下三个季节的
　果酱
致轻度腹泻

天空弥漫了蝴蝶的香味
最美的人将被押上法庭

香味
冒烟似的源于黑色蒸汽机的黑色心
　脏
清末的八音盒里有香袋
　熏
中国海岸服装
和偏向男性油亮发式

扇子的形式很惆怅
二十世纪
最早的抒情义士在战乱的命运里
让军人官邸的旧唱机
一丝丝磨出永恒而致命的悱恻
女人是灾难中坚持消费的尤物

香味
一种城市的指向性气体
刮过去
附在太阳一层脱下去的皮上沾住城
　市
整个亚热带的辛酸史
挑战了

英雄和沉沦的时代

多少满足
多少虚荣
多少风骚
多少强暴

香味
不像是树木与海洋的财富
是一座城市一个由分泌器官构筑的
　银行
几代的储存
是永远禁锢在这儿的自由的药剂师

香味
像一份电报
鼻孔——应声张开如一些门洞
敞开
河水提炼出香水
像一个印度人走过恒河
鼻子是仅次于心脏与信仰的危险物

人类
分辨香味的仪器
一台一台布满地球

城市有几分医院气概
科学检验这无限的感官刺激
香味
如罪犯和皇妃一样有秘密档案

香味
是食品天使化妆和环境天使
香味规范了一些强盗
但香精不同类型的领地
有城市的狡诈和堕落在扩展
鲜花
搪塞了我生命的风雨历程
为何又让它枯烂的花瓣造成我的骨
　　折事件

这香味
大地容否

40 今晚,我在时思庄园(外一首)
冰释之

今晚,我在靠近粮食和蔬菜的地方
种下饥饿和理想
替草坪和池塘浇一层月光

今晚,我的记忆还算肥沃
土地在黑夜里成长
寒风中所有的植物在飞翔

今晚,我采访林中鸟水中鱼
询问每一片树叶每一朵水花
看见欲望在编织晚霞

今晚,我躲在庄园里写诗
用一口酒写我的善良
用一群美色写下错过的荒唐

曾经弃我而去的城市

城市的夜
升起一张光芒四射的网
所有悲伤迷惘的眼

不断闪烁往事

上涨的河水
带着绸缎的记忆
漫过水草的呼喊
解放了云的心情在空中摇晃

城市的夜
起飞谎言的翅膀
真相在愚昧的跑道将滑行多远
风在校对潮汐的方向

沉没的梦想
需要打捞多少深夜的情人
悲观的或者恐惧的
极致的忠诚
凌驾于水,就像铁哭泣的倒影

醒来的城市
月亮举起炊烟的笔
描绘一缕四散飞奔的文字

41　外白渡桥以南（外一首）
古　冈

19世纪滩涂还在
讨好人性的商业淤块
原址叠加鸦片
利润无穷尽像GDP

自由和围堵
迷障和进步观
如白鸽飞出外滩
地缘的良善尽收眼底

当代和后世的
舰只涣散成沙盘模型
我们在退伍的航道
找一个村落的搁浅点

小时候，人都在

漠然，我的旧躯仍在
小区略见，片影支吾
不是我，不是
纠结的闷压在高中

作业掀开不好的情绪
我们压制甜蜜的橱窗
我们是工种,锈迹的车间
我们学工,屋顶在瞄准星星

你记得羽毛球过网?
我们平均的年龄在网下
你父亲下班,比我们
现在年轻,转身进了门洞

42　我的手掌，我的浦东
安　谅

浦东，像我摊开的手掌

每一条纹路，都清晰可辨

纵横交错，是四通八达的路网

五根手指，是伸展自如的开发区

引领江山的飞扬

陆家嘴跷在大拇指上

坚挺而又健壮

洋山港在掌际延伸

带着海风的凌厉

张江的名声在外，如中指

长风破浪

而世博园，如小拇指

正小弟弟般成长

深镌的生命线、健康线

和隐隐的血丝

水系一般发达

那点点红晕

是姹紫嫣红的绽放

我熟悉我的手掌
就像熟悉我深耕过
而且深爱的浦东

我的手掌,抚一抚胸口
浦东就在心中激荡

43 临港观海记（外一首）
汗 漫

防波堤之外、滩涂之外
就是浊黄的大海
尽管不符合"蔚蓝"这一理想
但那的确就是大海

在中年，接受大海的浊黄
像接受人海里的窒息与破灭
乘飞机或邮轮去访问遥远的蔚蓝
像与一个梦中情人幽会？

对于站立在防波堤上的那个少年
这广阔的浊黄有些残酷
但必须告诉他：这就是大海
藏鱼含盐风凛冽

远处，一座小岛隐隐约约
朝舟山方向的深海游去？
我慌忙四下张望
防波堤上的少年，的确不见了

南京路新月

它像仰泳者露出海面的耳朵——
南京路是一条在拍打中
保持浮力的灿烂手臂

我在路口止步
举手机拍摄这高远的泳姿
使交通警察也抬头走神三秒钟

他竟然举手指了指新月,笑了
想把我和四周车流
都指挥到天空里去?

我赶忙进入地铁站
贪恋世俗生活的人,用地心引力
作为拒绝升华的理由

当我在另一地铁站随电梯冉冉上升
恍惚拥有三秒钟左右
新月般动人的能力

44　如海的大街，鱼眼翻涌（外一首）
程　庸

伸着懒腰的这样一个人
总斜倚着窗户，给
窗外的惺忪树木做造型
现代感显得枯瘦乏力
红瓦的屋顶堆叠起
晾衣架犬牙交错
鸟巢憋屈，总东张西望
混沌的格子状，万家灯火连片
漫不经心寻找新鲜的月亮
缓缓走过
下弦月的弧线流畅
消隐于天际，钢筋的屋宇
轻功一般撞碎
自东方反射过来的
光影

如海的大街，鱼眼翻涌
被魔幻成无数色彩的小耳朵
簇拥成浪花
而偷视与窥听的本性

又被魔幻成小群星簇拥
俯视着烟火的人世间
偶尔倾听，隔壁窗户内情欲的消息
玻璃框淡漠，冷光聚集
混沌中清晰的眼珠

街上的人流假装淡定
夜色降临，湿漉漉的阴雨
也照旧悄无声息
与潮湿的枕头共眠

一朵云停留在高楼的中央

发呆时就想找一块石头
也想腾出一个空间，让云歇在这儿
想象有更高远的事物存在
可伸展更开阔的视野
不必面对或隐或现的神冥想了

常见这般游动的停留
那模糊的边界，两地阴阳
或幻影错乱，或清晰的人流车站
看似觉悟
又像灵魂出窍般的
梦游，老回旋在狭窄的笼子
层层叠叠的

有时还睁开双眼
云朵仍显示了不确定的方向

恰似路边的石头
终于醒来一样

45　吊罐果遗

许德民

挤叶醒　追随的枝条嫁接手臂
触点结拜的途径　卖技赎身的房旅
查点过期的雨季　掌心控胃的逗比

植物光年的跃闪　株狠知奶的诱冰
滴绿抬肤　斑片驳刻　搜延索期的针
灸狼要挟的枪腔　原著甚广　洗铅尽华
吊罐轻重垂直　切果遗碎　一地皮囊
闻讯骑买的匆盲　逆袭蛾昏舟笨的汤
割泥塑深　非井圈漏　匹封狮醒呕

完疗挨整　步韵丈罚的企图　牢外拜睡
贩宫走卒　穿蓑量雨的空旷　叫纳声无
孩补扇误　摇风揭雾的童真　以哭当笑
租途借品　缩短等待的性别　经纬走纱的往

授危糊脸的脆弱　荷随廊跳的契机
射景观帽　捏弱馋筹　拽那恒指的内伤
紫灭伞移的出巡　陆路免测运河　页嫩宾油
猜角惊稻的紧　叩塞绣术　猎播挠党

择饿配产　惶然涌捕　翠扶半路幕操刑

躬色展签　早九无靶脱发　哄乞腹
命减寻祖　春秋暗影迷香　巾磨形

46　复旦游泳馆夜观天象（外一首）
肖　水

如果有鸟落下，触碰到的树木
或许也会淅沥地滑下，天空裂开
月光充满辛辣的味道。更多的
是一些零碎而生动的异域星球
以熄灭自我的方式，从远处起身
波浪始终锋利无比，山丘、峰峦
与飞碟，被划出无数齐整的切面
桥梁在涌动，风是被草叶点燃过
的锯末，人类的变形全无章法，
犹如一种密闭的和声。到达门口
的车灯爬满水汽，仿佛事物的
结局在悬垂，也都已被重新建造
我不曾看见一个人潜往孤立的
池底，水泥高台急促密集的根须
像被迫直立的火苗。十月，犹可
赤足，锐利而直接，投进藤蔓
与藤蔓的粘连，而清冷的天气
无疑是生活的倒退，使秘密变得
愈为寡淡，检测内心力量的速度
需要穿过嘴巴与不断坍塌的鼻梁

而水面即将封闭，发白的发辫如
醉酒后在沙滩上紧蹙衣裙的鸥群
熟悉旗语的，已带着鳃慢慢下沉
试图跃起的，绿色的四肢如同
伸展开的十字街道。一切都会
还原，转动就会听到锁孔的足音
于雪中闪耀，定能察觉到灵魂在
野兔的怀中忐忑地撤离。此刻
无人伏在池壁上，听气泡在石头
内部响应。我们的身后，楼群
如同一片熟杏，灯火劳顿之处
显露出蜷缩着，被撬开的海滨

阴天去五角场

耀眼的静物，有可旋转的精妙处
仿佛身体内还能提取一只动物
看不见，但它早已存在
是它虚构了我，将我固定于一种精确
我多余的碎屑，展露在风中
像一根根针。有人试图点燃，或者
对着它最细小的入口，吹大
但我已准备将自己慢慢
拆除。草地上的街道，头发仅仅是
一种划痕，是鸟类稀疏的爪印
和翻墙而来的枯黄的藤蔓

我们曾将所爱的日常之物
均匀如蜡地涂抹在沙漏上,将踏响
的雪,当作行舟途中击中湖面的山石
那么,此刻的忍受将是一场反光
冬景被借用到现实中来,出生地
更像一条无法再回复的通道
爱多么悲情,稻粒被混进风箱
炉火的间歇里,眉毛是两把幸免的
灌木。即便听见了脆裂的响声
我们还在向前移动飞机式
的鼻梁。探照灯将浓雾切割出
岩石的形状,扑入河渠的木筏兜满
银杏的腐叶。我们无须解释一切
天空渐渐升高的海拔,与冬日重合
一些旧时光侧身而过,将我们擦拭得
如初生的婴儿,微微发蓝

47 城市的另一面（外一首）
海 岸

越过宛平南路600号，错误百出
我从城市一端走向另一端
阳光越过偏光的镜片
跋涉颅内的山山水水
随手从口袋里摸出几张脸
谁家的心情愈发暧昧
谁家的目光飘飘洒洒
蓦然想起一个人，不知是谁？

天气，时阴时晴
植物自带感性的睡眠
那一天我们搭错了方向
那一天我们高歌猛进
也许遗憾，也许欣慰
微尘因那天碰撞引发些许骚动
瞳孔放大漫天飞舞的走向
世界依然沿着飞鸟的航向迂回

午夜的隧道，晃晃悠悠
脸色因温差而变换

我从城市一端拐回另一端

盼望天空有一场雨

可否洗去沉积多年的微尘

无拘无束地生活

远离一次亲密的自己

蓦然想起一位精神病人,不知是谁?

东郊蛇影

绿道不见蛇影,但见遛圈的格力犬

笼住利齿,扫视俯伏的青草

童年灵巧的水蛇浮过水草

六月的阳光何时重现思想

娱乐至死,恍惚发颤的病毒

每一根神经末梢,指向麻木的痛楚

腊肠树在院门外飘起初夏的黄金雨

花坛的木春菊摇曳少女的姿色

诱食禁果的蛇咬住你的贪婪

侵入暗光震颤的皮肤

伤口的狂躁透泄一切

伸向天空的手,无法深入人心

躲在阴凉处蜕皮的蛇,从僵死中醒来

醒目的斑纹清晰,体温日趋活跃

六月的眉目慈祥伟岸

锐利的牙上下咬紧
语言哽在咽部
风吹动地球,吹动风雨飘摇

初夏时节的气息,冷热不一
透过半遮半掩的脊梁
蛇的触角渐渐露出锋芒
吞食一切,哪怕一个时代
现实拐角处,神经长出指甲
收割的刀,再次伸出拙劣的刀锋

绿道不见蛇影,语言变幻另一种病毒
一经流行,就此步入下一轮坠落
六月的纠葛消灭他人
终将消灭自己
但凡在旷野被蛇惊吓的人
却不被毒蛇所伤,且将之踩在脚下

48　闸北初秋（外一首）
茱萸

树叶落下，街角的垃圾桶被迫沾上
法国梧桐高处的洁净；接下来是
嫩枝的青黄偷换成了树皮的红褐
没有人注意到，这是最冷峻的时刻

永和路出来是共和新路，柏油路面
被午后乏味的反光所笼罩。这里是
上海闸北区，一百年前饱满了起来
随后又在战事中迅速瘪了下去
如今地铁一号线在这瘪腹中穿行
从地底拱出到地面，带起了秋意

这秋意有风，不是吹落树叶的那阵
而应该来自路拐角的鼓风机厂
那半废弃的厂房装有老式的大铁窗
多数玻璃已经碎了；铁门还算牢固
爬山虎却从门缝里冒了出来——
这秋风有意，要穿透森森的藤蔓

穿透日常的沉闷与无趣。在闸北

不要想着毗邻的虹口、宝山与普陀
也不要指望南边的苏州河能带来
秋风凌厉的训斥之外那水的温柔

诗人的隐秘生活
——用 C. D. Wright 诗题

诗人从云端跌落到了
具体的此时
生活则不断召回它
派出去的使者：
在人间，你是否已赢得
收获的贫乏与丰盛？
咖啡，音乐，冗长午后
能给出的一切福利
裁判者从不现身，他
注视着这平静的一切

今夏凉爽，让人迷恋
洒水车在不远处劳作
窗外，风中摇摆的竹枝
投下了青翠的荫翳
嘶哑的蝉鸣时断时续
哦，我几乎快忘了
关于诗人的不幸消息

穿过街衢,走进楼群
在上海的旧工业区深入
厂房于新时代的改建
如今改建早已完成
人们委身于写字楼
枯燥的日常。而我在等待
又一天的过去,垂下窗帘
昂着脖子劳作,屏幕
散发的微光
衬出脸部的轮廓

49　夜行
陈　仓

她猛然冲出来吓我一跳
没皮没肉没心没肝
她是我生出来的,却不是我的血脉
她连着我的筋和肉,甚至重叠了一部分
她先在我后边,再慢慢移至前边
而且越拉越长,始终贴着地面
这并不可怕,可怕的是
突然冒出三个
她们永远都是黑色的,无论我
如何化装如何伪装如何带着痛与爱
她都是麻木的空洞的虚无的
我快她快我慢她慢,她的高低和我无关
如果我死了,她仍然不变
我猛然发现,她是我生的,但是养着它的
却是灯,前一盏后一盏

50　都市战场（外一首）
段　钢

街上人影稀少　没人在意
你在门前的水泥地留下痕迹
有只流浪狗总是蜷缩在那里
硝烟之后都市如战场般寂静

头发变得肮脏　还有些油腻
静得可怕　雨夜的泥泞让人窒息
子弹飞行的声音夹杂骨骼撕裂
风沙四起的异乡正渗入我的血液

这个地方真实得让人生疑
打湿的树叶遮蔽霓虹灯下的情迷
唯有时光石化了致敬
千里之外肉体沐浴尘土的洗涤

回到真实哭喊的地方
血渗出军装，感觉脉息

夏初

城市光线，拍打着呼吸

无数次试着伸开双臂
抓不住花朵褪色速度
尘世中，失温的身体逐渐蜷曲

淡淡的文字
试图把记忆碎片聚集
眼泪和刺眼的窗棂一起模糊
被遮蔽的，注定一生无法逃离

白纸上线条安静地躺着
手语中埋藏着语言的秘密
一定有什么躲藏在这背后
坐下或站立，风在耳边轻语

路在延伸，等待也在喘息
雨注定结束，炽热不会来得太急

51　冬日
王霆章

冬季，我喜欢有阳光的日子
空气中弥漫着晴的气息
仿佛一切
都可以重新开始
甚至听得见伤口弥合的声音

被阳光抚摸过的事物
多有温暖的内心
陌生人的微笑
像落叶般飘过
让整座城市回旋着善意

午后的阳光下
冻僵的道路开始柔软
手牵手的人们
不约而同
放慢了脚步

而屋檐下梳理长发的少女
也梳理着发中的阳光

光与影互为因果

银杏和梧桐

是否依然还爱着

52　完美爱情只有十六分之一的可能
小鱼儿

爱情有两个可能
一个已谈成
一个没谈成

谈成了有两个可能
一个生米煮熟饭
一个煮成了夹生

熟饭也有两个可能
一个日久生情
一个日久生厌

日久生情有两个可能
一个后来结婚了
一个她跟了别人

结婚之后有两个可能
一个是白头到老
一个是中途离婚

白头到老有两个可能
一个是互敬互爱
一个是吵架不停

互敬互爱的婚姻有两个可能
一个是没有感觉成了亲人
一个是她越来盯你越紧

亲人版的婚姻更有两个可能
一个是觉得还行
一个是后悔莫名

53 冲将(外一首)

舒 冲

是谁说死亡
真的能够终结欲望
其实,死亡本身就是
最后的欲望
像那每一座城市里都有的
那只铁皮屋顶上的猫
人们现在管这标本
叫作绘本

离开愤怒的科学会堂
小偷般进入玻璃动物园
下半场开始
一如我的人生也只剩下半场
甚至早已不到下半场的
下小半场

晚间的安福路
终于还是苏醒过来
恢复了远离妖魔的梦游白昼

可是,我分明看到
忘记自己叫欲望
还是死亡的街车
不止一辆,一辆辆次第
微醺着冲将过来

我是峭壁

我睡在高架上
任所有的雾霾把我埋葬

你们是大海和苍穹
或者还可能是风和云朵
我只想做这最后的峭壁
和那天晴一刻的屋檐

虽然谁都还会对这座城市心存幻想
有悬崖边的马
和一年四季想下就下的雨

54　雨中日记

陈柏康

他穿白警服,喜欢黑人
唱流行歌曲,更爱哪个
罗伯逊

这时,茶色玻璃后罗伯逊
厚实嘴唇正在双卡录音机里唱
那首著名歌曲《老人河》,多么深沉
多么熟悉,以至于他情不自禁
几乎跟着唱出来,然而不能

粗线条的雨如火柴,在公路
擦亮那道闪电,在空中弯曲
意识到此刻,他正坐在岗亭里注视
这城市,这车队如此熟悉
伴随《老人河》黑色旋律
在他管辖的区域里湿漉漉
水汪汪地流行
流行,《老人河》全部流进
红灯

车队在远处,拖着尾声还朦胧
岗亭前的路黑黝黝,还如罗伯逊
宽阔的肩膀
在淋浴

55　人子
火　俊

人子，这是昨夜的桨声
是你枯槁的容颜
是相觑千年的江枫渔火
与生俱来的
遗产
是不能遮蔽的天空
和
躲也躲不去的噩梦

人子　你这一颗脱落的牙齿
泥泞的情绪僵卧成古代的龙蛇
仰天长啸
你只是暴风雨中淋湿的船票
是寂静中一段麻木的骊歌
悲怆的人子

思想涨满泡沫
饥肠辘辘
白天已全部印刷成幻觉
战俘的囚车轧碎夕阳凝血的瞳仁

人子

许多路只通向墓碑

许多路只是许多条白幡

世界失去肖邦世界不能再有音符

空心的行人

和旋转的时空

在世纪的变奏里

永无弹性永无泪水

相爱的男女在招魂中成群结队地睡去

凤凰涅槃

人子

箫孔注定幻成枪口

蜃境隐入太虚

暮色苍茫如线装的史学

几千年

太阳死于樵夫的梦呓

流水缓缓冲走屐痕

衰老的记忆于人兽之间漫步

许多季节蠕动成送葬的行列

花开花谢

人子

你在一寸等待前不幸睡去

56 两房两厅（外一首）
陶 泥

我在厨房长肉
柴米　油盐　酱醋
妈妈的物理作用
一碗碗可口的饭和菜
锅铲　碗筷　瓢盆
妈妈的化学反应
厕所里面一把把伤心眼泪
右边房间是他们的爱情纪念馆
结婚相片看得到历史人物的风光
结婚家私摸得到历史遗留的痕迹

我在客厅长脑
电视　报纸　电话
爸爸的化学作用
一个个催化的青春痘
烟醉　酒醉　茶醉
爸爸的物理反应
麻将桌上一声声对吃杠和
我的地盘在左边的那一个房间
地上是我脱落的一满地的黄稻草

地下是我埋葬了一满屋的欲望
唯一一次集体活动在餐厅
吃到酸的就想哭
喝到辣的就冒汗
吃到苦的就想吐
喝到甜的才会笑
芝麻芝麻开门啊!
一个一个大家庭啊!
是谁关上了一扇扇门啊!

傍晚

用完了一天的力气跟智慧
还剩下一点本能,此时,你最美好

我们喝过的水,洗过的澡
也改变不了我们的黑暗属性
傍晚多美好,界线如断光
傍晚多美好,心脑平等睡

57　尘世里的人
许云龙

我见过有情怀的人
以梦为马
也看过漂泊的人啊
浪迹天涯
我见过商场里的人
尔虞我诈
也看过故事里的人
相爱相杀

我见过卑微的爸妈
当牛做马
也看过底层的兄弟
蝼蚁挣扎
我见过凶狠的豺狼
露出獠牙
也看过伪造的谣言
肆意挥洒

我见过发达的上海
三千繁华

也看过庙里的人啊
削发出家
我见过高情商的人
装疯卖傻
也看过辉煌着的人
轰然崩塌

很多的神话它本来
是个笑话
往往知道内情的人
装聋作哑
那些为爱坚持的人
那些选择放弃的人
那些拼命活着的人
那些中场离开的人
那些努力赚钱的人
那些为了梦想奋斗的人
都是值得铭记的人……

58　比纸还白的脸（外一首）
张春华

一张比纸还白的脸　靠在一刀 A4 纸上午睡
这是例假　头一天　习惯性疼痛的开始

蜘蛛人静静地挂在环球 62 层　清洗幕墙
而 220 平方米独立空间里　听不见任何声响

除了噼噼啪啪穿过肠胃的快餐声　仅有米色
套裙下的白色小腿　前后交换了一下姿势

打印机　外卖盒　台式电脑　一次性茶杯
投射在银灰的桌面　露出阿尔卑斯雪峰式的阴影

这里没有青草的气息　也没有微雨飘进来
荧光灯打在失血的脸上　始终点亮白天与黑夜

一辆的士停在后半夜

街静止　灯和路静止
泊在三层立交桥下的　发动机静止
花坛的长椅　一双乞讨者的脚静止
阴井盖被盗　黑洞洞的下水道静止

深绿的天　星星　弯月静止
快乐和痛苦　也暂时静止

只有你　保持鲜活
从有一点霉烂的上半夜而来
尽管还要伺候　虫样蠕动的早晨
你还是熄灭了前灯和后灯
不想打搅　最后半个时辰深度
睡去的楼　还有这在静止的城

59　上海

李　斌

自从我结识你的那一刻起
我就百般地迷恋你
黄浦江、外滩……
我从没打算离开你

难道
我早就在此地埋下了
一颗先知的种子
总感觉在很久以前
就来到过这里
依稀记得
无数次在海风里
打捞着今天
那景色真是壮观极了

从十里洋场走到浦东
从上个世纪走到今天
为了在路过新天地时
为了在邬达克设计的老房子面前
显得时尚些

我怀揣着你的历史
对着镜子
一会儿扎上领结
一会儿系上领带

上海
自从我结识你的那一刻起
我就百般地迷恋你
迷恋你的潇洒
迷恋你的悟性
迷恋你的交响乐、爱情诗和
海关大楼的钟声
迷恋
那醉倒在黄河路上的
繁华似锦

60 外白渡桥（外一首）

语 伞

在苏州河畔的酒廊
饮一杯鸡尾酒，临窗
发现外白渡桥就隐逸于此，
带着它神秘历史的影像、沉沉的
铁，与这个下午之间的留白
不是微微醉意，是一座桥
在接纳世界，并使生活
成为一首诗。你曾在桥上
确认自己从哪里来
就像在一杯酒后，确定要到哪里去
台风吹来白顶玄燕鸥的方向
红绿灯突然在一个十字路口休眠
外白渡桥白天是一座桥
夜晚，是潜伏在酒廊里的一个渡口
它让一杯酒像一江迟到的朝霞
让一个孤寂的人像下班后的落日
渐渐消失于
黄浦江狂热深处的阒寂

漫步多伦路

雨在下。风将一堆落叶吹成
穿粗布长衫赶路的人群
此刻,我如同一个背影,亦虚,亦实
在五百米的多伦路名人街
把一阵思考送入一百年前的上海

弹石路面早无车马
迎面相握的人,不再需要暗号
危险的气息,只在凝视报童的雕像时
匆匆闪过。因为,更多的感受
在把我的脚步放慢,一些响亮的名字
已嵌入石块,带着光阴
曾经的彷徨和呐喊
和一个时代凸凹不平的喉咙
饮下的狂暴

雨停了,空气安静
路的弯折处,坐在行李箱上的丁玲
还是个少女,她刚下绿皮火车
尚且不知——
她的一生,也是一条非比寻常的路

61　原来的路
王舒漫

五月，炒一碟艾叶鸡蛋
从盘子的边缘
寻到了　自己不再
年轻的青春
远方，很远很近

坐到黄昏里拾草香
野趣，胜过春季的花朵
风吹过，生活将散装的诗意
塞进明亮的夜和
漆黑的夜之中
它们相互冷漠
生活，不傲不怨，不假寐
诗意，一正一反，夜
加深了寂静
灵魂将凡俗抛出繁星
生命是条大河，一盏
一明一灭灯
回顾石头上的皱纹
飞出蝴蝶来度量自己

生活的帆船用双手撑开
把锚抛到远处
守住自己原来的路

62 等车
Anna 惠子

我等车　一直等
许多车从这里出发或经过
它们去了不同的城市
没有车带我去要去的地方

我一直等，从冬天到春天
没人关心等待公共汽车的人
他们走路，或跑步
我从天黑等到天亮

树木睡了又醒，鸟儿也是
城市睡了几千年
几颗星星醒着
我不知道要去的地方有多远
继续等……

63 脆皮乳鸽（外一首）
羽 菡

上海人家的晚宴上
一道脆皮乳鸽上了桌
众人举箸

邻座一位先生严肃地说
"我不吃"

为啥？
"我尊重鸽子"
"鸽子是和平鸽"

哈，这位长得像佛的先生
你——
是来度我的么

滨江夜跑

船舵转动
滩地、黄浦码头、百年工业锈带
启程和送别轮番上演
昔日老厂区

从失眠的轰鸣中走出

下一个驿站

记忆中某个秘境

映射真实的幻象

如黑色钟表齿轮肌理的衣袂

飘飞在渔人码头

人人屋里

闯关游戏还在进行

西侧的红色塔吊高举手臂

芒草、狼尾草和银石桑

在谁的梦里停泊

归来无声

64　一个不婚主义者在英国的梦（外一首）
千　夜

下雨了——我的小女儿
——阿萍
好像又回到那个夏天——

现在是下午
没睡——
我说到三点水

我在泰晤士河边想念着家门口那条小小的川杨河，7个小时前它流经此处——

这姓氏多好
（江河广阔，然后是湖海）

在我频频醒来的间隙
苹果树——频频
落下苹果

一座城是你的情人

她安静的时候

是一朵白玉兰
文在你的肋骨上

此刻
她向你款款走来
海鸥从高跟鞋里振翅而出

下一秒
躺下
有恰到好处的　明朗的身体

一座城是你的情人
她坐拥白日
也懂得夜晚的所有隐喻

65　北京西路常德路口（外一首）
艾　茜

以嘲讽之脸，示与众人
十字路口仍然有那么多人
排着队，等神谕降下

今天，你也是一个人出的门
一个人来到了路口，看见
一只只焦虑的小眼神又围拢在一起

北京西路左转，上楼
一杯咖啡选择了恰当的时机
开始雾化，探出窗外

雾化的过程极为缓慢。是啊
一天还长
没什么好着急的

幻想曲第七段

渴望跳完一段疯帽子跳过的舞——
一朵云霞的旧友
在蓝色湖面上。他发现了我

C大调！小提琴与钢琴的幻想曲

爱丽丝在湖中心*沉沉地睡去
表演者脸上的月光渐渐地
由红转白，缓和了下来

---

* 静安雕塑公园作品之一。

66 礼物（外一首）
米绿意

细雨打湿的砖面泛着青灰
幽暗的光芒：在罗马
畅享古老是唯一理由，单向街
更适合定位
穿过马路的伤心客

但我不在罗马。记忆
与现实——如伤痛和安慰
巧妙地重合。"原以为
这座城市是我的过去，
其实是我的未来、我的现时。"

叫卖声减弱，它用了多久
被琴键般的雨棚上
雨的敲击声取代；居民区
雪花膏如几代女人同一的沉默

多久重要吗？如果回头望
我们就不怕淋着雨过去。在
寂寞的窄铺门面里

取一块怀表，这顽强的心脏
——这雨中的礼物

上音歌剧院

礼拜天，在疾步赶往教堂的路上
经过上音歌剧院
经过一对漫步的中老年夫妻
听到，一个对另一个说
带片落叶给他（她）吧
另一个说，可惜都被扫得差不多了
惊奇于他俩的对话
是什么样的人在家里
需要一片落叶，和或许因一片
新鲜的落叶生出新鲜的感觉
喜悦？美好？或者仅是
一种与大自然、与神意的靠近？
当我想着这些，回头搜寻
他们刚才在上音歌剧院门口
拍照留念的身影已经
变成了另一对年轻人

67　城市落日（外二首）
李小溪

哇
夕阳好像回到山里面去了

我从这么远
就可以看见山了

盲人

一位正常人
被一条盲道
绊倒

森林

穿梭在这座森林里
坚固的钢筋
明亮的玻璃墙
仿佛早已在混凝土的地下扎根
闪烁的阳光穿透了树叶
却没有给到大地一丝温暖
这个森林从不缺少猎物
而我在这座森林里游走
寻找着仅存的生机

闵行诗社青年园地

68 生石花与蒲公英
陆　涵

早班的地铁
人流
生石花丛般
簇拥着

未见老桩
一路爆盆

一到站
蒲公英似
四处散开
又自填满

各去各的
海角天涯

69　城市与尘世
徐　瑾

一朵棉
懒懒地挂在城市的窗口
大把的阳光泄露

我们周身漆黑
我们手无寸铁
我们在荒芜里生根发芽
于沉寂中长出纯白

时间是一种灰
是永夜的烛火燃烧过后
谁的翅膀掠过
在这尘世留下擦痕

城市荒凉
而尘世始终温暖
城市与尘世
仅一墙之隔
且留一片小小的白
在大大的灰里蔓延

"城市漫游者"团体的诗

70　灰雀
朱春婷

向上,身体要永远地,向上,向上,永远
迅捷,一把抓住矛盾垂落的核心

像饿鸟扑食,再猛然抬头,顶风
拉起尾翼——那至高的景色
你可以领略了

一道风、一对甲虫、一阵
逆流而上的激动,我们在屋顶
互诉的衷肠,穿过州界

在午夜,风暴有一种绝对的语气
我有一只灰雀自沉海底的觉悟

强、弱、强、弱
它挣扎不定的脚蹼
是小心翼翼的桨,向着冰山

71　审慎的物欲
陈铭璐

　　世界上没有或者只有极少新事物，重要的是不同的、新的立场。在这个立场中，艺术家突然发现自己已经在考虑和观察所谓的本质，和超越其自身或令其感兴趣的作品。

把几只花瓶置于画框中心
色彩无须彰显，灰裸中译得
精密的网格布线拉扯出平衡的轮廓
力量往各个方向相互制约、相互消解

散漫的光线在瓶罐周身被
精心编排，营造出明暗
色彩微妙　体块感蠢落　投下阴影　近乎
抽象的实体　韵律仿若浑然天成

标界，不断标界自己　借由静物
画者创造出静穆的场域
捕捉，不断捕捉事物的本质
精妙的技艺在重复的秩序里显现

闭眼，呼——吸　呼——吸
一把平静的尺梳抚摩观看者的心灵
在这一方小小的空间里
画者自静静释放着内心的荒野

72 陆家嘴
严　天

雨水滴在欧式建筑上
滑过它苍老的雕刻痕迹
生活把这些水滴打散
再融于江中，荣耀地
印入身后的泥流

我们在星球间照相
白云爬上环球金融中心
机械地占据着人的眼睛

圣地应当是圆形的
否则该如何洞察万物？
圆环上我们不断迷失
今晚我们都是
等待电梯的绅士

73 迫近
邢 瑜

最末的地铁站。是一座被开掘又废弃的巨大矿洞
黑色是海绵。吸收了其他一切的不必要
例如那些白天被禁锢在车厢内的体温

逐渐清晰的鸟鸣,织成一张细密的网
在又一个黎明团团围困

失衡。是常常存在的状态
这包括刻意呼吸、奋力深刻

春天,是时候来了
对它的领悟,甚至都不用走上街
只需要切一段新鲜的小葱
细碎的绿。就会多汁地迫近所有

74　第三十三个春天
屠丽洁

我路过第九棵松树
看到我和我的寂静
在天幕与营车的夹角相拥
优美的音符，蜷缩进血管空隙
唤醒磨牙的神经与皮肤

把自己裹进春雨里
对起皱的时间做出修补
在阴影中铺展开来的
鲜亮的生命，等待
零点的钟声敲响，声带
融化在流离的发丝深处

空气中伸出美丽的触角
撑起一块又一块草绿的肋骨
枝条湿润地缠绕，再缠绕
明媚的墓碑上，也刻着我们的名字

75 地下城
钱芝安

秒针回环,推开
齿轮沉默地欢呼
一种穿梭未来的能力,往返
法灵顿和毕晓普的霍格沃茨

逆行在泛白的皮质传输带上,一张面孔
向潮湿撞来。紧接着无数张脸
向空洞撞去
密封在罐头里,血管运送着
器官加速衰老的日记

速冻汗渍,战栗,我们被拆开领结
赤裸地凝视每一根,昏睡的骨
前行,包裹在巨大的铁中
安全门咀嚼着一代人

奔向下一千年

76　卡尔维诺的隐形衣
黄艺兰

失眠的雨夜，微凉
随手披上卡尔维诺的隐形衣
漫步在这座逐渐透明的城市里
穿越路人冷漠的脸，隐藏自己
不必再伪装成他们的一部分
在晦涩的褶皱中游刃有余

昏黄路灯下，旋转万花筒的镜面
破碎的裂纹转瞬即逝，只剩残影
还有光晕，在梦中不安地摇曳
以一种欲望覆盖另一种欲望

谁也看不清爱人的脸
甚至看不见自己

时间还早，再走走吧
或许过一会儿，在某个转角
会遇到另一位隐身已久的朋友
我们看见彼此，眼神确认眼神
以为会迎来一个坚实的拥抱

但是没有

我们只是默不作声,在路灯下站着
影子双双投向无限远的远方
如同又一次小小的消逝

第三乐章
城市的心跳

全国城市诗歌精选

内地诗人作品选

77 龙年长安（外一首）
伊 沙

生日那天下午
我与妻与友
在曲江南湖边
的咖啡馆小坐
就是李白与玉真公主
幽会之地
就是白居易爽了韩愈约
又被元稹爽约之地
就是大唐帝国一年一度的
状元宴举办之地
侍应生是一位
来自土库曼斯坦的姑娘
她在西北工业大学读书
读成回国便是
造飞机的姑娘
不远处的湖岸上
矗立着白居易的雕像
平静地凝望着
涟漪荡漾的湖面

我说："长安还是
那个长安。"

家

夏日的傍晚
家中飘散着
新泼的
油泼辣子的香气
哦，经过三十年
一个河南姑娘
已经变成了
合格的陕西主妇

78　西安标杆书店（外一首）
刘亚丽

大雁塔的西边，红尘的上面
在青砖灰瓦朱红色飞檐无力勾引的地方
在肉体凡胎苍白软弱的时候
你开始，就永不再结束

白色的门扉敞开
白色的香柏木窗格明亮洁净
墙角的迎宾天竺葵憋不住一个劲地绿呵
却把世界紧紧地关闭在门外

那从上面来的言语
一丝不苟地记在下面的白纸上
风随着意思吹
风吹书页沙沙响
哦喜乐——不是高兴不是快乐
也不是喜悦
是姹紫嫣红层林尽染的喜乐呵!
这大雁塔的钟声里不曾有的东西
一经存在，就永远存在
永远有多远?

永远在一阵战栗的阳光中
在击石流水手杖开花的奇妙里
在泪水夺眶而出的一瞬间

在这根深蒂固的大树里
你是另一个
你是另一棵葡萄树上的一条枝子
一片绿叶,一串晶莹甘甜的果子
在千篇一律的万家书店中
你是另一个,无数的书是一本书
无数的声音源自一个声音

"上穷碧落下黄泉
两处茫茫皆不见"
万家书店传来这绝望的老一套的声音
唯有你坐在开始的结束,结束的开始
双手交叉,口唱心和地守护着一本打开的书
一经活着,就永远活着

大雁塔下面的人群

太阳快要落的时候我步行来到大雁塔
无数的人早已先我而来
数不清的人洗了脸,梳了头
穿上这个时代的新衣裳
从四面八方不约而同地

来到大雁塔怀旧

大雁塔四周的青砖是新铺的
灰色的飞檐翘壁和朱红色的粗柱子是新建的
连带音乐的水也是新凿出的
千年的灰尘全部落在新人的身上
千年的枯枝败叶全部长在新人的
脸面和头发上
我在渐渐暗淡的夕光中惊讶地看见
大雁塔有多美观
它下面的人群就有多难看
大雁塔有多鲜亮
它下面的人群就有多陈腐
装饰现代的大雁塔
把新人做成了旧人
把活人变成了幽灵

玄奘死了,经文活着
年年像蛇一样蜕去旧皮
长出更狡黠的新斑纹
亦然是青灰色和朱红色的斑纹
把千年后的新人
文得那样陈旧霉腐
那样失魂落魄地难看与丑陋

你们倒退着走进了历史
我倒退着走出大雁塔
什么样的青砖灰瓦朱红色粗柱子
也不能扑我一头一脸的灰尘
什么样的飞檐翘壁也勾不走我的魂
谁给我预备了另一棵树上的青枝绿叶
谁给我铺直了淌满活水的河床
我最后看一眼灰头土脑的大雁塔
枯枝败叶的新灰和新红
头也不回地远走高飞了

79 石榴花(外一首)

笨笨. S. K

盛开在街道、庭院、林径
盛开在兵马俑的故乡,丝绸之路开始的地方
珊瑚一样的花朵,似被夕阳染红的彩霞
沉甸甸的果实,像被风点燃的灯盏
黄、绿与红的交织,宛如落日余晖的油画
在静静地诉说着秋天的安详与美丽
这风景,连同晶莹剔透的石榴籽
散发出的清香,一起在车窗外
缓缓流淌,醉了你和我
香透了五湖四海的
旅人

羊肉泡馍

朋友说
她去西安
回到家
已经几天了
头发上
还能闻到
羊肉泡馍
的味道

80　许愿树（外一首）
左　右

小雁塔荐福寺
每天都有络绎不绝的人
去祈福
许愿池里
硬币越积越多
许愿钟
长鸣不停，越撞钟声越轻，许愿树上
挂着满树红色的愿望
其中有虔诚的、半真半假的，也有虚假的
有去年的、今年的，也有若干年之后的
有老人的、小孩的、情侣的、乞丐的，也有老外的
有求财的，有求运的，有求福的，有求情的，也有求
子的
有不远千里慕名来的、被携带来的，也有被骗来的，我
不知道这些
满目的许愿卡是否能够
使所有人真的心想事成
但我知道
每到年底
寺内的和尚

会把这些卡片
集中在一起
一把火烧成灰

遗址

带外甥女游蓝田猿人遗址
路过蓝田猿人头骨出土处纪念碑,她说:
"要是我
前几天把自己
刚脱落的两颗牙齿埋在这里就好了。"

81 广仁寺（外一首）
黄 海

落叶随着佛音

随着秋风哀鸣

像一首悲伤的配乐

我无可奈何

城墙倾斜

门市萧条

斑驳的墙根下

仿古建筑

游客几无

围墙的朱红的侧门

铁环锁的锈迹

快门闪过一对新人

婚纱摄影

令我回避

屋檐的麻雀

叽叽喳喳

唯有它们习惯了

敲打的木鱼

经过那里的人

秋风不会停步

它席卷了唐槐

经书翻动

马匹出现

贩夫走卒

每一个汉字

不，每一个消失的人

带回边地和雪域的鹰

藏在马革里

秋风刮过池水

明月晃动

天空的褶皱

一字不漏记下

人间那颗杂种的心

广仁寺

我被拉长的阴影

也记下了我的

就此别过

我还以沉默

站在玉米地

我伸开双臂

像个变态的稻草人

成为一个木偶

等待风的来临

等待一场雨的洗礼
秦岭洼地的一株植物
需要多久走完一生
从嫩绿到枯黄
每一步都成长艰难
我在此拍照

从庄稼地走出来的人
看着我
他想问一些什么
却回头看我
这些成熟的苞谷棒
我问多少钱一根
他摇摇头说
这一大片玉米地
是城里人种的

他们不种地
也不养羊
山路的羊粪
空荡的村庄
那些破败无人居住的房屋
便宜租了三十年
我的朋友
指着我看

某某书院
某某草堂
某某别院
我还以沉默

82　自由宣言
轩辕轼轲

雷群要提前退休
我说你又没老婆孩子
提前退休干吗
他一下子急眼了
拿过一本《公务员法》
说哪条哪款规定
提前退休必须得有老婆孩子
提前死都是我的自由
何况提前退休
我说你提前死个我看看
他果然从窗口跳了下去
幸亏是一楼
穿过马路
他去买酒去了

83　地铁（外一首）
祁　国

一股风
迅速地向左边砸了过去
把我左边的身体一下子带走了

我只剩下了右边
我在看着报纸
我只能看到每个字的右边
我和这些右边的字一起等着

一会儿
又一股风
迅速地向右边砸了过去
把我右边的身体也带走了

诗意地栖居在21世纪

从宽银幕的地铁出来
撞上了红灯
把红和灯分开
一群黑人和一群白人
各自拐弯

余下的我
停了下来
盯着对面的那座大楼
看了一天
楼就没了

84 白雪棋盘（外一首）
沈浩波

再一次
回到冰凉的北京
从飞机上往下看
北京
铺着一层薄薄的雪
像一块
白色的棋盘
谁来和我对弈？
——没有人
我和一轮
血红的夕阳
在棋盘上对望

白杨树上结鸦巢

冬天，从首都机场下来
眼前是我熟悉的灰白色空气
像一片巨大的沼泽
我开着车，鹤一样飘进

路两边的防风林

密密匝匝，长满年轻的白杨
这些凌乱而勇敢的标枪
在沉默中，尖尖地向上
串着一颗颗黑色的首级

我喜欢这古战场般的苍茫
也喜欢这些刺向空气的白杨
他们令我想起，人类中那些
被热血冲昏了头脑的年轻好汉

85 灵境胡同（外一首）
周瑟瑟

每次我路过灵境胡同
我就要蹲在槐树下煮一锅晚云

我喜欢灵境胡同的老人
他们引导我的灵魂走进破落的院门

我总是自动脱下外衣，挂在树杈上
就像回到了自己的家里

这哪是我的家？我的家远在外省
但这并不妨碍我的灵魂在胡同里穿行

每次我路过灵境胡同
我就对着天空观察我的身后

我身后尾随的老人提着鸟笼
他的人生倒映天上的晚云

不可怕，一切都是镜中奇遇
一切都来自镜中的灵魂，来自灵境胡同

笼子里的灵魂与迈着小碎步的灵魂
都向我传递凶狠的目光

凶狠的目光如烛火扑闪扑闪
变得温柔而怜悯

我站在灵境胡同,绕开槐树
绕开煮沸的晚云,我急着推开一扇院门

一院子的晚云扑闪着,脸蛋粉嫩
一笼子的野兽原来是未曾谋面的灵魂

在香山寻经学院

经学院在哪里?经学院在你看不到的地方
我摸黑经过中关村,经过北大后边的水渠
我经过了西苑,高大的树木发出沙沙的响声
经过圆明园、颐和园,古老的园林里有人影晃动
我的心因为紧张而像风一样低泣

我要去经学院,但在香山下徘徊到天黑
与夜鸟的交流是一生的艳遇,她们的叫声打动我低泣的心
京密引水渠里我看见我模糊的倒影,倒影清凉、孤独于
另一个世界
植物气息从我的脸上弥漫开来
我是不是要死了?夜鸟,你说我死过了一次

我目瞪口呆，我不曾死过，但我找不到去经学院的路
香山我是来过，我是爱过恨过人世的那一片浮华烟云
慢慢地，我转动树干似的脖子，我看见夜鸟脱下羽毛
我看见香山在夜雾里飘动起来，像一群群神仙

慢慢地，我也像一棵树，在夜鸟的叫声里连头颅都湿淋淋的
我的身体在夜雾里也飘动起来，我看见香山的神仙哭成一片

86 像杜拉斯一样生活（外一首）
安　琪

可以满脸再皱纹些
牙齿再掉落些
步履再蹒跚些没关系我的杜拉斯
我的亲爱的
亲爱的杜拉斯！

我要像你一样生活

像你一样满脸再皱纹些
牙齿再掉落些
步履再蹒跚些
脑再快些手再快些爱再快些性也再
快些
快些快些再快些快些我的杜拉斯亲爱的杜
拉斯亲爱的亲爱的亲爱的亲爱的亲

爱的。呼——哧——我累了亲爱的杜拉斯我不能
像你一样生活

突然多出的黑暗

突然多出的黑暗，从你体内长出，一株爬行的

有触须的植物：黑暗

它舔到我的脚踝，心，预先感到恐惧，哦碎裂的
心，别再给它铁锤，这个蹲在自己心里的人已经

绝望多时，别再给她没有边际的等待，门时开时关
影子们渐渐牢固，在我每天必醒的床上，影子们

先于我挡住阳光，突然多出的黑暗，又多出几寸
它们加快速度，突然拉住命运的衣角，它们迫不及待

想改变我的余生，想把我遗弃，在提前到来的虚无里
我的身体不想被它化解，我不想被它化解

我看到你体内长出的黑暗，沉默，顽固，渐渐有了
石头的形状，关于石头，我知道两块：一块在

《西游记》里一块在，《红楼梦》里。关于石头
我曾写过：在北京，如果可能，请允许我以此

为终点，活着，死去，变为一块石头。所以突然
多出的黑暗，你只是我提前变成的

石头，你是我的石头，我不惧怕你

87　有夕阳的林荫道（外一首）
刘不伟

又是傍晚时分
五点钟左右
八角南路
我牵着我自己
遛了一圈

晚报
北京晚报

刘春天

刘春天
我亲爱的女儿
来亲一个

爸爸一离开呼和浩特
你就嘟嘟想爸爸想爸爸
鼻子也想
眼睛也想
耳朵也想
肚肚里也想

宝
虽然妈妈手机里有爸爸
你也不能总用舌头去舔呀
吧唧吧唧的
真有那么好吃吗
都舔坏三个手机了
这样子当然不好了
有辐射
辐射就是大老虎咬你的小脚指头

是呀
爸爸也想你
可想可想了
如果
如果你像安妮卡公主一样
骑上长翅膀的飞马
飞呀飞
那你一眼就能看到了
在北京
德胜门
55路公交车上
爸爸正低着头
是是
低着大头
看着手机里的你
傻乐

88　建筑大学　城市和乡村的桥梁
武眉凌

当农民
不再用汗水浇灌庄稼
当一栋栋高楼大厦
从庄稼地里长出

建筑大学
你能不能让建筑
像我儿时的草原
高粱地
豆瓜秧

你能不能让霓虹灯流淌的时尚安眠
让朴实的夜的黑回到身边
在黑夜里听听旷野里狗的欢叫
一声就能唤回远远的乡愁

我不知道
建筑
是大地最痛的伤疤
还是大地皇冠上的明珠

但是　我知道
城市里住着的诗人
写不出美丽的诗行
即使有两三行纤弱的诗出生
其肥料也是来自久远的土壤

多少人削尖了脑袋想进城
如今又带着一生的积蓄想回故乡
建筑大学
你可是那桥梁

89 从现在开始,从春天开始(外一首)
子　石

从现在开始,从春天开始
我开始写诗。提笔写信
告诉朋友们:北京风和日丽
我在风和日丽的北京看守春天
并且还很健康,可以再活一些日子
还可以多去几次铁道
站在铁道的黄昏里眺望灯光
仰望天空
等待天空下的村庄慢慢融入夜色

从现在开始,从春天开始
和陌生人握手,并祝福他们:
有一个宁静的夜晚
有一张廉价的火车票
有一个等候在冬天的人

并且——
还可以给发芽的树取名
给从前的一个日子捎去问候

零点的城市

这是在昌平　世界已沉沉地睡去
进入黑暗的窑洞
我顺着疲惫的思念起身
将内心的火把
置入黎明的出口

在这块我无比热爱的土地上
有无数的兄弟在不停地行走中祈祷未来
参差不齐的乡音互相寻找着温暖
最终落在了城市巨大的手掌之外

在这一刻零点 43 分 1 秒
我感到有一股寒流悄悄袭来
就像这个城市
在进入夜晚之后
它仍然无法让一个行走者的脚步踏入梦境

90 白河*故事(外一首)
君 儿

这条河边

还有清朝的炮台

当年被血染红的河面

早被大海和岁月洗白

船坞的遗址也还在

北洋水师却早已

淹没于世纪的往昔

潮音寺 火柴厂

日本人占领过的码头

一个老人告诉我

当年他在码头办公室上班

凌晨4点起来渡河

日本人反复无常 说打就打

他说工人的饭盒里

不允许出现白米饭

梁启超从这个码头逃跑

孙中山从这个码头上岸

海门依然在

---

* 海河的旧称。

三桥水中横

南站

单位就坐落在南站边上
南站是中国最早一批
铁路线上的其中一站
建于1888年的洋务运动时期
现在已成文物
所以通往它的铁轨
也被一块围了起来
这一围就是许多年
夏天　你来看吧
围挡里高高低低的椿树、槐树
和一些不知名的树
层层叠叠　郁郁葱葱
它们与人工栽植
一点关系都没有
凭借风　凭借雨　凭借无人涉足
它们硬是自己种出
一片密林

91 我是怎么被淘汰的（外一首）
图 雅

夏洛特夫人是一种月季
我刚知道

普罗旺斯是一种西红柿
两个月前才知道

圣女果是一种小西红柿
两年前才知道

久保是一种桃
金心是一种瓜
到天津后才知道

还有许多日常的
吃的，用的，看的……
我不知道

它们只是用个漂亮的名字
就轻松地把我淘汰

狗,石榴树

别墅后院里
那棵石榴树有故事
在它根部
埋过一条狗
那条活着时的狗
对他
出门相送
进门相迎
那双望他的眼睛特深情
死了
他把它就埋在后院
树也长好了
本是一棵要死的树

92　哈尔滨初秋的晚上（外一首）
马永波

它居然用镣铐的声音催促你活下去
用树叶背面隐藏的密码
北方天空游移的绿光
用越过黑色大海吹来的风
冷却你额头后的思想

还有雨后水洼里沉重的脚印，还有雨
似乎落在许多年前的同一条街道
同一些冒着热气和金光的头顶
当我们聚拢在时明时暗的灯下
低声谈起诗歌、燕子和往昔

而往昔算什么，如果没有一个
目光明亮而严肃的高挑女子
沉默地从我们的肩膀上俯视
如果没有她那只白皙沉重的手
按住那翅膀一样扑腾的诗章

也许并不存在这样光荣的往昔
依然是和平的大街

像人们散去的酒店一样安静
你茫然四顾，仿佛朋友们还在原地
消失在不同方向的
只是从身体中分离出去的影子

站在闪着寒光的深夜的街头
你听到一片树叶
在城市上空犹豫了片刻
然后跃入黑暗深处

中央大街的雨

夏天我想写一首中央大街的诗
诗里会有雨，雨水落在
那些黄色的巴洛克老房子的
坡屋顶上，顺着两边流到
百年的石头道上，雨水
还会透过停止生长多年的糖槭树
那并不茂盛的树叶落下来
有人还站在树下，为雨的寒意
微微颤抖，或是在藤蔓纠缠的门廊
看见每一滴雨都回到不同的小门内
一百年很快过去了，雨还在下
街上行走的还是同一群人
一定有一个没有情节的故事
闪烁在某一条雨雾弥漫的小街

有一些词语在冷酷的灯光下
在久久不动的一只素手边
像羞怯的虫子一动不动
一定有一个房间，永远通向
更深的房间，有女子沉重地走下楼梯
既然夏天已经消失在天空深处
这首诗还没有写出来
既然我早已离开了那条老街
又不断地随着每一场雨回到那里

93　无诗歌（外二首）
车前子

总会看到时代，东西，稀罕的大象
参与其中
没有而没有我——那么幸运，那么
就会看到稀罕的大象，东西，时代

无诗歌

只有
喷涌掉这些浪
它才平静
一块削成
方形的乌木块
浮在船的外面——
这时灵魂静得掉到地上——
捡起来
是针
！

下面

下面，死一样海市
我们，登上喧嚣蜃楼，赞叹的……喧嚣的……

吃掉

十二只著名生蚝

(抛开硬壳,事物早在深渊)

94　平江路*小曲（外一首）
小　海

街道转角处蹲着的一个孩子
突然向我微笑的脸上
扔来了第一颗雪球

一群孩子从四面八方涌来
边跑边向我发起进攻
茫然不知所措的幸福
春天来了

我看到蜜蜂围绕着婴儿车飞翔
因为他的嘴巴沾上了
糖果的甜蜜香气

我看到那么的微笑
雪的微笑，猫的微笑
门的微笑，窗的微笑
屏风的微笑，锁的微笑
报纸的微笑，电视的微笑

---

*　位于苏州古城的一条颇具代表性的街巷。

香烟的微笑，发动机的微笑
铃铛的微笑，纸飞机迷路的微笑
镜子的微笑，哦，浪子啊，浪子
无论你走过多少阡陌街巷
镜子都照亮你回家的路

哦，镜子，你所作所为的后面
是无边无垠的宇宙：平江路

写给金砖博物馆[*]

仿佛感官暂时失效
过于频繁的重访
像是剥夺对金砖的记忆

记忆有一种渴望
渴望我们并不知道的结晶
比如一块可靠的澄泥
出自完全不同的年代

年代中的每一栋建筑
由隔代的工匠建造
像一本打开的书
金砖永远存在

---

[*] 苏州城里一座专业的博物馆。

永远在等待
等待那不存在的人

那不存在的人
仿佛炉火纯青的能量
难以捉摸,不可理喻
但是确实存在
正在拆解一种旧生活
永远不可能恢复原样

压迫感早已消失
曾经的视而不见
如今细节满眼
已然重获新生

95　半夜西湖边去看天上第一场大雪（外一首）
梁晓明

我决定与城市暂时分开
孤独这块围巾
我围在脖子上
走到断桥想到
爱情从宋朝以来
已经像一杯茶
越喝越淡

在太平洋对岸美国人
白脸庞黑脸庞交相辉映
希望是今夜下在头顶的大雪
让杭州在背后闭上眼睛
我站在斜坡
与路灯相见

亭子里楹联与黑夜交谈
远处的狗叫把时间当陌生人
介绍给我
坐到栏杆上
我的灵魂

忽然一片旧苏联的冬天

落一片竹叶，喝一杯酒
——王绩独酌

活在世界上到底能漂浮多长时间？
名声无孔不入在我们头顶
是不是像天地间
无穷的空气？
你伸手去抓似乎握紧
却永远在你的手掌外头？

不如一片竹林，不如看几片竹叶
不如端起一杯酒，不如就那样
坐在林下，看风吹大地
落一片竹叶
喝一杯酒

96　这城市（外一首）
傅天琳

这城市从浪花中归来
一把推开朝天的门
春夏立于江之北，秋冬立于江之南
这城市全身挂满汽笛、鲜花和灯

这城市蕴藏太多梦想
太多巍峨而奇崛的岩石
胸中自有丘壑，自有山神的非凡气度
这城市的手臂是两支桨
彻夜地划动着划动着
一支是长江，一支是嘉陵

树在桥头，楼在云端
这城市坡陡路不平，习惯于登高
这城市腿脚特别粗特别壮
汗水特别咸特别硬
特别能吃苦、吃辣
常年掩隐在雾中
特别珍惜有阳光的早晨

一到夜晚
这城市便开始抒情
拨响不断延伸的琴弦上的路
抒情曲流动,音乐流动
激情与浪漫流动
浮起一座音乐岛
音乐岛,半岛的城,开放的城

多好啊!这城市高楼林立
我有一把钥匙四面窗
这城市光如瀚海
我有几盏黄蒙蒙的节能灯
我有身份证老年证医疗证
我的文字种满所有阳台和街心

穿过小寒大寒,青草已经起步
千载难逢的机遇就在山顶
心中爱着,我才成为一根灼热的花枝
成为这城市的幸运公民

我的北碚

在离北碚还有三十公里的地方
空气中就飘来炊烟的气味
家的气味,亲人的气味
整片秋天被高速公路分开

我带着一座花园在飞奔

我磅礴的相思
早已交给雨的手指抹绿崇山峻岭
只有翅膀才能为我们带来天空
在我梦中，集合了多少缙云山的鸟群

我一刻也没有停下的笔
奋力追赶你的桥梁、道路、古镇、新区
一天天一年年，我在你的光里播种
吸入你山涧的水，嘉陵江的水
吸入你水一样源远流长的文化和精神

我站在夕阳的边上
却感觉内心有一颗朝阳正冉冉升起

我从曾经的一枚果核走出来
放眼我的北碚
万象更新如孔雀频频开屏

鸟声如此之宽乾坤如此之大
爱情如此之醉芳香如此之深
即使每一片叶子都写着家的地址
我还是迷路于家门口
迷路于这个锦绣的早晨

我是你熟悉的诗歌的老黄牛
把头埋进你的青草，憨愚、陶醉
第一道车辙就是我新鲜的诗行
写在刚刚贯通的隧道
水泥味尚未散尽

我还是你坡地的那棵萝卜
被命运的酱汁反复腌制，百味丛生
还是你矮小的灌木，昂扬的枝叶
磨难和信念把希望赐予了一个柔弱的人
我还是你的云你的雾
那么软，那么轻

狮子峰站在云上与我对视
我的肺里有你松涛汹涌的声音
而此时我却找不到词语
我只能匍匐在地匍匐在地啊，亲吻你
亲吻你泥土里的乳汁，泥土里的根

97　写在大渡口，工业博物馆
李元胜

眼前像逐渐冷却的炉膛
十里钢城，曾是不断拉出的燃烧抽屉
现在，沿着向下延伸的台阶
一切正被冷却，被折叠

熟悉的高炉，八十年代的诗歌和火花
公共汽车与雨中的奔跑
折叠到了哪一页？

我们走过的每一条路
都是一根树枝，足够搭建一个秘密的鸟巢
放置于所有风雨之外

湖面之上，这座小城收集的树枝
也在被重新挑选
不同的是，它们可以回到大地上
重新成为道路

时代是一台隐形打印机
我们所热爱的，所奔赴的

在新打印的早晨,此刻穿梭的轨道上
不过是一晃而过的倒影

我们身后,都有一个逐渐冷却的
博物馆,我们的朗诵与哭泣
都在被一丝不苟地折叠

沿着向下的台阶,穿过展厅和通道
就像穿过漫长而幽暗的峡谷
我们中,必有一人
擦肩而过,却带走了暂存于此的火花

98　一条街道的光阴
赵晓梦

任何时候来这里都不算晚
敞开的望平坊只拒绝车辆
不拒行人,走得慢和停住脚
一个道理,打卡不用找
要是不找把椅子坐下来
你无法想象层出不穷的消费
已被街道安排得"明明白白"
围炉煮茶、日咖夜酒、看戏逛书店
或者吹吹风、听听歌、聊聊天
看白鹭导航锦江,看黄昏找到归宿

我不走了。在一杯茶里消磨光阴
在冬日暖阳下掏空耳朵里的杂念
瓜子和花生是摆龙门阵的硬菜
不用担心嗓门大,出了这条街
没人会记住刚才我们说了啥
海棠和灯笼已把过年氛围拉满
眼睛越是嘈杂神情越是放松
时间跨过屋檐代替钟摆和秋千
通常只发生在别人身上的偶遇
如今正要求他在朋友圈中兑现

99 东郊记忆（外一首）
李亚伟

秋日的成都有人间最恰当的温差
沙河沿岸的芙蓉都在寻找自己的高度
东郊音乐公园，朋友的电影公司
正在将一个拳击手的岁月剪辑成上座率

投资人杨孜的窗外
芙蓉花正在调整色差
仿佛一些抖音翻晒着各种样式的女友

杨孜的窗外是市场，是院线，是各地的经理
经理们的手机屏幕上
期货还在嘚瑟，A股还在寻底
只有一双丹凤眼，在高德地图上寻找着人民食堂
一会儿他要拉我们去那儿
用烈酒寻找时间的深度

秋日的成都，时间也上传着季节的抖音
北方的风正轻轻地在霜冻里响起足音
光阴的快递员正悄悄来到成都平原
它要在秋风吹破诗意的那一天

给不想开花又要折腾的一些树枝
送去一朵一朵冷酷的蜡梅

雪中业务

秦岭上空的雪,越过人间的贫富
飘向四川的工地
秦岭上空的雪有时飘向过去
有时落在窗前

飘雪的日子。我们财务清晰
没有高利贷,远离众筹
我们像一个好人在河边散步
像一群少年打银行门口经过

幸福是非常模糊的
我们一生都不知道它什么时候来过
也可能它离开了我们都没有反应过来
真的就像钱从银行门口路过
根本上就没有存进个人账户

但我们谁不相信幸福是真的?
幸福就像地球仪上空的信风
有时吹歪了房价,有时吹来了业务
有时还滴答着春雨,带着一阵喜悦
吹来了利润

100　它不是别的花朵（外二首）
黄礼孩

菠萝叶边上长着细密的锉齿
像是柔软的刀片，它要锯出成长的印痕
我少年薄薄的衣裳也渗出血迹
生活的道路是层层叠加的菠萝叶
大陆之南的阳光爬下梯子
在菠萝地上翻滚红流，折叠着炙热的疼痛
有时，我停歇手中的活
手搭凉棚望向远处，这世界不理解
贫穷角落困倦的少年
呵，请原谅我心碎得不一样
生活带来的是长刺的菠萝叶
而不是别的花朵

条纹衬衫

风尝着命运的灰烬。就此别过
一个囚徒被押往徘徊之地
凭什么去解开生活的纽扣
疑问是条形花纹衬衫
穿在身上，像一个从污水之河里
上岸的人，淌着水。这包裹的水纹

渴望阳光猛烈地折射生活
阴晴不定的游戏
为躲开谜底而涂黑这个世界
一只病虎,轻盈如蝴蝶
没有蔷薇可嗅,它提着镜子与灯
寻找一件边缘潮湿的条纹布衬衫
世界需要新的编织
却从不脱下那件破烂的条纹衬衫
猫头鹰躲在口袋里,幽灵一般的视像
随时把命运带入不详的黑色梦境

夜气

时候尚早,足够我们去
凝视每一样深不可测的事物
直至它在内心变得简约起来

黄昏之后,夕阳的消失宣告了
我们对逝去的一切心存残缺的怀念
叶子在洁净的夜变得越来越冷时
我忆起父母,他们像黝黑的影子
在劳作,直到静谧的下弦月照亮

夜深,水的流淌像植物的薄纱
它托起一座山庄,身体的牢房
此时被打开,草木散发清香

一个生灵呼唤着另一个生灵
每一个都在相互倾听，带着看不见的气

古老的夜晚经过教堂
高墙之上，梅影斑驳，无知，无邪
我们交谈，面庞变得清晰起来
夜气带来群星闪烁的天赋
像未唱出的歌留存到明天

101　昆明物语（外一首）
鲁　娅

以四野燃烧的向日葵
锦团自坦的雏菊，星海
闪烁的梅枝
肆意摆满楼屋客厅
无须预约
花丛中她开怀的笑颜
这是独孤昆明
把春天盗进冬天的
秘语

夏天翠湖，我忘了年龄

和昆明一样老的翠湖
老柳树的条
浓密深重的胡须
垂在荷的塘水的面
垂下的还有悬铃木
直起的是再力花的力

菖蒲的剑，割破
胶着的光阴

露出儿时捞的鱼喂的鸭
长大在这儿写的诗
甚至看见身着汉服的
女孩们,窃窃私语

那点点滴滴裹在风里
所有植物混合的浓烈味道

直往鼻腔脸颊而来
恍惚立于原始森林

两只松鼠在苍柏间
上下左右地乱窜
几只麻雀,跳跃堤岸

六月满绿的翠湖啊
穿着黑色的吊带背心
米黄的牛仔裤
停靠游走在你玲珑浪卷的
絮棉翠被里,我终于
忘掉自己的年龄

102　留守家长（外一首）
金小杰

游乐场里玩得最欢的是孩子
比孩子更开心的是家长
墙根儿、墙角儿、滑梯下
一群大人蹲坐成一排
手机屏幕一个接一个地亮起
眼神涣散，表情开始蒸发
孩子们玩一小会儿
就会去找找爸爸和妈妈
确认一下没有弄丢走远
临近中午，孩子们会把
这一排排风干的皮囊
依次认领，回家

招工

黄土没过脚背，三十岁了
很多东西无法遮掩
五年前的棉衣已经褪色
和我一样，陈旧但还算温暖
人群中，依旧习惯抬头
能看到飞机、鸟儿和大片的蔚蓝

小伙子递来招工传单
电子厂里，一群人在练习低头
单页上，唯有天空
无用，但又独自高远

103　沉默已久的笔张开了嘴
项美静

一

躺在分体式沙发
脚在思考，脑在运动

用你的逻辑，解读
我梦境的演绎
合理或荒谬
那些隐秘不显的在文字背后

黑暗皱褶里射出的光
锯切着生命的绳索
被时间侵蚀的蛊从《圣经》钻出
战争、瘟疫、饥饿和死亡

四匹脱缰的马
在文字与语言的转述间尴尬
沮丧于幸存，犹鞭下旋转的陀螺
连喊疼的权利都没有

若放逐的云,风是唯一的访客
你看见了吗?
上海宾馆一格格窗户后探头的游魂

快递小哥在城市的胃中穿梭
华侨大厦的街窗扭曲了魔都的肋骨
双子星的瞳孔迷雾了世界的颜容
东方明珠高耸的塔尖直刺空中

二

空,是城乡的脸谱
寂,是辛丑的语言
沉默,是空巷焦虑的回音

蚂蚁嚼着欲求
地底有长生果的碎骸

鼻腔,黏液,空气带着腥味
尸骸连腐烂的机会都没有便化成灰
面对死亡,你却跟我聊股市
谈车子、房子、票子

合上平板,隔开霸权蛮横的手掌
摊开诗集,与谪仙对饮
有但丁做伴

在《神曲》中浮游三界
与歌德为友
签下浮士德与靡非斯特的契约

墙和天花板互相支撑
我沉寂其中
嚼着时间的肌理
默读幽灵的唇语

将台北与上海分行
十四，是固定的格式

香港诗人作品选

104　奇迹列车[*]
饮　江

（一）

如果你感到唔舒服
你可以随便喺一个车站落车
揾职员帮你

好栈鬼架
叫渠转轨都得

渠扳动一下杠杆就是
或者打一记响指

Imagine all the people
living in peace

车上的人这样唱

---

[*] 看完电影《奇迹列车》，乘地铁回家，听车上广播种种温馨提示后，得诗两首。

in train
奇迹列车

（二）

所有奇迹
都有一列列车

坐定定
带上你的祝福
静享车厢

（好有疗愈）

其实
想到有善心人
你自己都系一个
唔使流浪星球

唔使流浪加沙奥斯威辛
处处繁花九龙城寨
人人为你你为人人
不似三体犹胜三体

戏棚又系实境
实境增强实境

如果你感到唔舒服

你可以随便喺一个车站下车
有职员帮你

(注意车厢与地台之间的空隙)

唔使流浪地球

105　痛苦让你坐下来（外一首）
云　影

痛苦让你坐下来
读一本诗集，它像水
涌向你，围绕你，浸透你
给你泪水、荒芜、破碎，未能抵达之地
古老的流逝，回忆里
全部的潮湿
但它不会告诉你如何出去
你的孤独并非孤独花园中多么独特的一枝
同样的雪覆盖无数你
同样的风暴一次次席卷，同一片狼藉
你不能呼吸
你不得不把头伸出去
现在痛苦，浮起你
所有的浪花、海鸥、岛礁，沙滩上每一粒沙石
它们爱你

烈日时代

我想要叙述的
一种寂静，充斥着嘶鸣
黑色飞行物，千万拉德带电粒子

团团围住一场梦
我从风暴的洞穴中伸出手
写下一只猫
它毛发凌乱,眼神凶猛,刚从一场大火中逃脱
大地在另一侧翻卷出豪猪、猴子、土拨鼠
更多线状物
我是说,世界是平的
天空露出它沉默不语的蓝色屋脊

106　他把自己挂壁在墙（外一首）
招小波

在香港上环急庇利街
有一间特殊的"商店"
它的"铺面"只是一堵墙

我惊讶商家的奇思妙想
在一堵墙上镶嵌两个橱窗
就开张大吉售卖行李箱

他是勇敢的
敢于把商店挂壁在墙
敢于把自己挂壁在墙

这，就是香港精神

沾满尘埃的英国护照

近日清洁房间
扫出一本沾满尘埃的
英国公民（海外）护照

上个世纪我在香港出生

被英国视为海外公民

如今香港回归祖国二十七年了

当我把护照扔进垃圾桶

盖上金属盖

依然听得到它挣扎着

想要爬出来的声音

107　影子比光更明亮（外一首）
吴燕青

麻鹰盘旋海空白色海鸥低飞海面
白兰地在兰桂坊举杯集体诉讼
黑皮肤黄皮肤白皮肤
英语法语日语韩语广东话普通话
维多利亚海港嘴角微笑
石板街忙碌一群电影人
女主角化清冷的妆演绎
一个扑朔迷离的爱情喜剧片
北角新光戏院京剧演员唱昆曲
骆克道酒吧街扭着袒胸露乳的异国女子
同样是异国男子的荷尔蒙超越酒精浓度
中环办公大厦走出黄皮肤的精致白领
广东道 1881 里的店铺名全是 English logo
唯一的中文命名是溥仪眼镜店
异国归乡她似乎已不认得出生地
蛇和蝴蝶常出没在她的梦境
恍恍惚惚只觉得日子纤瘦月色肥美
对木铜镜梳妆影子比光明亮

越来越小的一片海

现代铁手臂移走一座山
在海的心脏种起
同样的一座山
工业的器械开响马达
在城市的蓝图中
筑起高楼和文明
海水不知要流向哪里
我的螃蟹我的鱼虾
没有了他们的王国
辽阔的澎湃无际的蓝
一点一点地缩小
成为蚂蚁成为一片
小小的树叶
摇晃着一滴一滴
蓝色的眼泪

澳门诗人作品选

108 这苍白的人间（外一首）
龚　刚

向天边下坠的落日
拉长麦地与寒冷

各种牌子的摩托车，拥挤在渡轮上，乡民们竖起衣领，
相互攀谈
河面与河岸，像冻僵的嘴唇

飞驰的客车上，坐满归家的乘客
一排排后脑勺，藏着岁月的旋涡

无家可归的风，挽留不住落日

这苍白的人间
这缓缓降临的夜色和
岁末

喜雨

上天打开了莲蓬头
洋洋洒洒诉说不尽

每一片树叶清洗着耳孔

高高低低的阳台上

盆栽的花木,闻声探头

街边的电单车,一辆挨着一辆

相互依靠

飞驰的汽车抖着水花

愉快地接受洗礼

麻雀从东街跳到西街,不理会红绿灯

小店的伙计,擦拭着货车的窗玻璃

像要擦亮冬天

109　澳门，2024（外一首）
贺绫声

雨倾盆而下
如火苗般盛开
烧毁了澳门夜妆

我在屋檐下
望向五光十色的人流
每个街角
总能遇见你浅浅的微笑

记忆之花被海风吹得很淡很淡
挂着咸鱼香的历史
早已背向大海
这里还有多少爱需要坚持？

眼睛里的梦境尽是旋涡
今夜烈风摇落月光
每一束
都是夜的遗产

老树

我什么也没有
只剩下诗句
整个下午以词语对决这个城市

为歌颂倒下的你
那些断句,是未成形的嘴巴
发出民间的沉默

投出的诗篇终究没被刊登
正如你最后被劈去的命运
鸟群失去家园,枯枝失去天空

无论如何
我的诗句必须抵达泥土
抓紧那个浑蛋的城市规划

在赌城里,我一无所有
只有写作信念与孤独
于失去天空的枯枝上

110　热岛效应（外一首）
太　皮

半岛六月　一群海龟
在斑马线前聚集
如同进行神秘而古老的仪式
红灯停绿灯走
交通灯像两粒药丸　被操控的海龟
他们饱吸汽车尾气
悲凉的眼神刻着咒语
子女　伴侣　父母

高楼大厦长满空调分体机的藤壶
榨取蔚蓝海岸的梦幻
玻璃幕墙将太阳光反射成一条条皮鞭　痛击海龟

这个城市拥有的航海灯塔已经苍老
像干枯的象拔蚌
晚上仍发出光
偶尔会令老旧楼宇里的海龟
确信是监狱的探照灯

下午

我在凉快的咖啡厅喝一杯冰美式

悲悯地想起那个住在海中

满身油污　被吸管插穿了鼻子的同类

囚徒

周日的 City Walk 在暴雨后显得俗气

很出片的机位排着长队列

一班心灵空虚的女囚徒穿上同款衣装领取午饭

在相同位置摆相同 pose

或扭动那只有短暂荣光的蛇腰

以相同滤镜拍相同构图

上缴社交平台乞灵点赞数字

她们的天气很差

永远在避雷

同时将天花板降低至脚跟的水平

我刷着这班囚禁在手机里的可爱生物

以狱警的专业态度检查她们打卡效果

沉闷例行公事起到镇痛作用

以及欲念兴奋

于是我终承认

跟其他沾沾自喜的同僚一样

已内卷成四肢发达的欲望

以为自己掌握操控命运的能力

其实终将像中毒的手机般突然关机

111　为了这样的生活
陆奥雷

我想　就这样生活
太阳下山　黄昏到来
海滨慢跑的人
手机计算着时间、步数与距离
继续向前吧
健身房就要热闹起来了
快换好衣服　热身
举铁之前　买好鲜花
约一顿厨师发办的晚餐
再远再累　管接管送
连假期通往远方的机票
也只差确认付款的点击

我想，这就是生活
孩子和妻子　需要过的好日子
房子和车子　需要卖命来实现
入夜以后　换上制服再出发
背负着期望的人啊
多跑一单是一单
再远都送　两分钟就到

使命必达　欢迎点赞打赏
李太的玫瑰　陈总的茅台
我早有预备
敬客户、敬领导、敬老师
求合约、求加薪、求奖金
低头弯身　每天甘为幸福敬酒
可以不眠不休

我想，这才是生活
城市的夜很亮丽
我们是尚未燃尽的灯火
用时间换取时间　用生命换生命
换一张回家的车票
长久地和爱人在一起

我想就这样生活着
做什么都好　什么都不做
也很好

112　情人节之后(外一首)
雪　堇

暮光下都是易燃的柴枝
我们交换了体温
还有曾经唱不下去的旋律
都——以火花代替

柴火越来越少
我想把这份拥抱一直烘暖
让怀里的絮语沸腾
我却听见
一群白海豚在黑暗里
微弱地呼唤

穿起你为我披上的西装外套
口袋收好你岁月的碎屑
三千赫兹的声音在南方缭绕
我开始拔足狂奔

今夜的龙爪角没有星星
我把诗行的文字逐颗挂起
在柴火旁

在寒风里
串联出回家的星座

凤凰

台风过后
温度倏然降了下来
案头上　一壶热茶沉默以对
是暖胃的黑糖姜母
还是清爽的菊普
随时可以化解世间的油腻

我更想泡出一杯凤凰单丛
尝试看穿
如今不再通透的茶色
窗外又一次下起数字的雨
沾湿了手中的粮单
通勤的路上没有遮雨廊
外婆说
能成为凤凰的　总浴过火

第四乐章

舞动在航线上

海外城市诗歌精选

美国华语诗人作品选

113　纽约
严　力

没到过纽约就等于没到过美国
但美国人对纽约抱有戒心

到过纽约就等于延长了生命
一年就可以经历其他地方十年的经验
集中了人类社会所有种族经验的那个人
名叫纽约

在纽约可以深入地发现
自己被自己的恶毒扭曲成弹簧
世界上许多有名的弹簧
都出自纽约的压力

与犯罪和股票每分钟都有关的新闻节奏
百老汇的闪烁与警车的嘀鸣
街上的即兴表演
纽约这个巨大的音响设备
让你的肌肉在皮肤底下情不自禁地跳舞

啊
纽约的司机
好像要带领世界的潮流去闯所有传统的红灯
但是
别忘了小费

到过纽约这个社会大学的学生们都知道
这是一个充满了犯罪学老师的地方
学生中间混杂着不少将要一夜成名的
最新的老师
其中
法律的漏洞是律师们最喜欢表现其智力的靶心
嘿
住在纽约的蜜蜂们
甚至学会了从塑料的花朵里面吸出蜂蜜

绰号"大苹果"的纽约
这苹果并非仅仅在夏娃和亚当之间传递
而是夏娃递给了夏娃
亚当递给了亚当
大声咀嚼的权力掀起了许多不繁殖后代的高潮

入夜的纽约啊
在吞噬了白天繁忙的阳光之后
早就迫不及待地解开了灯光的纽扣
坦率的欲望

就像所有的广告都擦过口红

妓女
妓女虽然是纽约非法的药
但生活常常为男人开出的药方是：
妓女一名

噢
繁荣就是纽约骄傲的毒品
撩起你的袖子
让繁荣再为你打上一针吧
凶杀虽然很够刺激
但纽约不眨眼睛

纽约纽约
纽约是用自由编织的翅膀
胜利者雇用了许多人替他们飞翔

多少种人生的汽车在纽约的大街上奔驰啊
不管你是什么牌子的创造发明者
或者你使用了最大的历史的轮胎
但纽约的商人已经在未来的路上设立了加油站

纽约纽约
纽约在自己的心脏里面洗血
把血洗成流向世界各地的可口可乐

114　春天
冰　果

我怕听见爆竹声
怕那些急促的、连续的巨响
和在半空炸裂开的碎纸屑落地的声音
把睡得香沉的动物们惊醒

它们应该在春天自然地醒来
说不准哪天、哪个时辰
只要春天到了
它们自然地
就睁开了眼睛

115　树魂（外一首）
陈铭华

周末在车库角落无意发现一大盒被禁锢的灵魂，由于一层塑料薄膜的封控，11×8.5寸的身段依然光滑亮丽！这一定是很久以前的旧爱，因为新欢DOS计算机出现后，我已完全遗忘了她们

如今她们静默而哀怨地望着我，那么不知所措的眼神仍在盼望，回到同伴聚集游行的林荫大道上，或许明年春醒还可以再抽枝发芽

荒诞剧10

樱花时节，华盛顿的天空开满了密件碎片，诸神透过龟裂的隙缝窥视——一群渴望能再度勃起的人

116　事的四季歌
张　耳

岸上的青草,明天的青草
细雨毛茸茸,而生在心坎的草
锄也锄不尽,萧红说

出水的就要面对,茁壮而简直
搅拌遗忘的深浅和幸福感
易碎的沉积。只有风追问,莲叶何田田?

算账和收获关于过去也关于未来
这时候这里写下的一行挑剔这里这时候
躲在葡萄架下品尝白云的无为

看不透这场肥皂剧,猜不出党魁心计
避不开河边污泥,听不清录像里村长在说什么
只觉得经济不是泡沫,百姓不是,雪也不是

117　简约
寒山老藤

经康定斯基风一吹
线条和色块　便在想象中活了
那些不堪的经历和暗黑
也被想象　引到了哲学的入口

好事的简约主义者　删减了
雨水落入城市的情节
从天空掉入屋顶　流入水沟
入海前　先同流合污

就像我　入世前
始料未及的那样
如此简约　不容遮掩
像裸露的人生　一点也不抽象主义

118　国庆日与儿子在海边
陆地鱼

天边，七月的蓝色鼓点浩荡
召唤滑板少年的翅膀
你的衣衫鼓起，像新生的海螺
渴望被风呜呜吹响

——我知道，你终将成为
异乡人，如同多年前的我
这无疑是一种宿命
恍若轮回

世界那么大，我想象不出
有多少星球在你脚下展开
你将举出多少迷失于风暴的岛屿
又将推开多少扇窗，眺望

时光漫散，鱼群在深海投下倒影
你的航线坚定，有如
一场回归，任所有遗留在岸上的
独自老去

每一次停靠，只要你回望
挥手，就会有风
打着旋向我扑面而来
——如同此刻一样

每一个迎风流泪的人啊
我爱你们

119 波士顿的地铁——给哈金（外一首）
王家新

满头白发，经过了中国东北
和新英格兰双倍的霜雪浸染
在哈佛教授俱乐部的那个幽暗角落里
熠熠生辉

身上却似乎仍穿着你的小说主人公武男
那套有点破旧了的
打工后去上学的西服

你带我出来，眼里冒着三十多年前的
那种激动的光，去找哈佛书店
背侧拐角处的那家诗歌书店

然后是道别，我目送你消失在
波士顿地铁的入口处——
在多少年后，这竟又让我想起了
但丁《神曲》第一部的开端

在轮渡上

在从史丹岛到曼哈顿的轮渡上

我们路过自由女神雕像

有人倚在船舷栏杆边拍照
有人坐在靠椅上晒太阳

她仍高擎着青铜火炬
只是你已听不到那早年的呼唤

到了美国，如同莎士比亚笔下的金钱
"自由"也成了一个谜

它让半个小时的航程变得漫长
漫长得足以上演你的一生

它让你久久注视那几只追逐的海鸥
看在你的船尾究竟翻起了什么

120　纽约的一朵孤云
杨　皓

纽约的一朵孤云
有一颗孤星
隐藏在它的后面
她孤独冷艳
神秘地微笑着
俯瞰着纽约

她俯瞰着纽约
透过亿万光年的玻璃
她深情地俯瞰着
这人类奇特的实验室
她完全遗忘了
她所在的星系

从一滴水的倒影中
从一个婴儿的眼睛深处
我看见了那朵孤云
那颗孤星

121　三分颜色（外一首）
林　静

是否给彩虹添白
就不会再有歧视
尽管无论哪个种族
或何种肤色之人
血管流动的液体
既不黑也不黄
而是象征生命的鲜红

归根到底

岁月走向
并非总在意料之中
寻常人生虽说常是过场
但也不乏砸场
这就像
有人族谱都没见过
却被归入了另类
有人源自欧非
却站在美洲大地上
叫嚣别人滚回国

日本诗人及旅日华语诗人作品选

122　下雨时最温柔的去处
华　纯

雨，淅淅沥沥地下

小贩担着杨梅在车站叫卖

江南的梅雨啊

湿漉漉地贴在背后

将伞打开，穿过马路

每个人的表情都与这场雨有关

在伞缘上痛快地滴落

店主是上海滩著名的摄影家

此时正策马奔走于西域探险之路

女主人用最上等的咖啡豆

磨碎后释放出满屋子的喷香

我们围坐在老学长周围

聊说文学春秋

喝下几杯浓郁的咖啡

时间过得很快

这场景

很有点巴黎左岸的氛围

先锋的语言，睿智的眼神

马路行人从雨中走过
没人会注意玻璃窗里的热烈

城市就是这样
有人忘记"晴耕雨读"
有人记得下雨时最温柔的去处
淮海路上咖啡馆很多
教人记住店名的不多

离开时我买了一本陈舜臣的小说

装入口袋
重新回到地铁车站
在小贩摊头上买了一斤杨梅
回头一看
书和折叠伞都不见了
小偷消失在绵绵雨中

123　迷失在东京
河崎深雪

在中国文化中心有事
我坐了地铁日比谷线
本来打算在神谷町下车
朋友说是从虎之门 Hills 站走出来 2 分的距离

虎之门 Hills 站
是 2020 年新开业的地铁站

走出来抬头一看
天空充满了高高大大的"森大厦王国"

几座顽固的小房子夹在其中

熟悉的街道已变
好陌生
我的昭和时代、平成时代都埋入地里
我得进行考古发掘,把王国的秘宝挖掘出来。——见证

124 夜的搭扣
春 野

1

夜，溜向哪儿
问风要双手
将雾霾的疼痛启开

2

空瓶的天空是眼神的炭火
葡萄酒是眼睛的冰霜
就像城市是空白的铭文
话语似自行车在心中颠簸

3

黑夜像调度员在你心中停站
每站都将过失的情调，暖和了
你手套里夜空的沉默

4

我想喝尽夜色，和沉默悲伤宿营
将苦难在我苍白的发髻上赞美，夜的
苦难的黑靴在梦上搭扣的模样

尾声

　　成立至今已有四十余年的上海城市诗人社发起于20世纪80年代，主办单位是上海市黄浦区文化馆。作为上海中心城区的老牌诗社，从油印诗报到《城市诗人》年刊，上海城市诗人社一贯坚持城市题材、城市品质、城市风格的有根性写作，坚持"实验、守正、出新"的创作理念和宗旨，努力把诗歌创作与诗学理论建设、诗歌实验乃至诗学教育结合起来。无论在诗歌普遍不景气的20世纪90年代，还是在网络带来诗歌热潮的新世纪，城市诗人群体多年不改初衷，坚持创作且成绩斐然。一代又一代的诗社成员，在各自的创作实践中努力将诗歌作品融入现代城市，把诗歌触角深入都市生活的各个层面。

　　2008年前后，我因在上海社会科学院文学研究所工作，为撰写上海诗歌论文寻找资料，经由孙琴安老师介绍，认识了《城市诗人》总策划铁舞老师，之后由铁舞老师引荐，进入上海城市诗人社。其间，铁舞老师对诗歌的痴迷、执着和热诚，做事认真积极的态度深深感染了我。因诗会友，我也因《城市诗人》这本诗刊，结识了许多上海地区的优秀诗人。印象最深的是每一年的《城市诗人》发刊会，都会在年后的新春天早早开始，每一次发刊会上，都有众多诗人激情发言、讨论、朗诵、交流。这些动人的场景和那一个个春天、一本本崭新的刊物叠加在一起，留在了记忆深处。

2021年6月之后，我有幸担任上海城市诗人社第五任常务社长，编辑这本诗刊的重任就落到了我肩上。2023年，黄浦区文化馆决定正式出版《迎向太平洋的风——城市诗人2023》一书，经由策划讨论，本书精选当代城市诗歌，从上海城市诗人社成员作品到上海城市诗歌，再辐射到长三角、京津冀、粤港澳、成渝等各大城市群，活跃在纽约、东京的华语诗人也给予本书大力支持。本书共分四个乐章：第一乐章"黄浦江畔的光影"为2023年上海城市诗人社作品精选，第二乐章"海上风帆"是历年来上海城市诗歌及当代上海女诗人作品和其他诗社、诗歌团体作品精选，第三乐章"城市的心跳"为全国城市诗歌精选，第四乐章"舞动在航线上"为海外城市诗歌精选。

世有伯乐，然后有千里马。千里马常有，而伯乐不常有。本书得以正式出版，深深感谢上海市黄浦区文化馆多年来对上海城市诗人社及诗刊的鼎力支持；感谢孔晓敏、高雯珺两任馆长对《城市诗人》的关怀和重视；谢谢施小君老师对每一期刊物的关照和指点；本书从策划到成书，每个阶段都得到了慕妮卡老师的热心帮助和悉心指导。此外，感谢上海社会科学院出版社的钱运春社长、编审陈如江老师以及本书的责编包纯睿老师的支持和帮助。

深深感谢给予本书莫大帮助的各位老师、诗友：

感谢吉狄马加主任对本书的推荐和鼓励；感谢赵丽宏老师为本书作序，作为前辈给予我们大力支持和温暖鼓励；感谢铁舞老师多年如一日坚持不懈编辑诗刊，为《城市诗人》呕心沥血；感谢严力先生的良好建议，为本书美国华语诗人作品选征稿；海外征稿部分还要感谢日本华文女作家协会华纯老师的支持；感谢吕进老师、伊沙兄、黄礼孩先生辛苦操劳，为本书组稿；感谢缪克构、张烨、钱文亮、杨斌华、古冈、徐如麒、杨绣丽、冰释之、小鱼儿、茱萸、张春华等众多专家、诗友给本书的诸多建议；感谢梁志伟、裘新民、海客、宗月、海上大虾、丁少国等众多城市诗人为本书的前期组稿付出的辛苦和努力。

最后，谨以此书，献给高速发展和日新月异的中国现代化都市。上海以及中国当代的城市诗歌，必须背靠广阔深厚的中国文化传统，用开放的情怀和心态，直面世界诗坛。面对纷繁复杂、瞬息万变、跌宕起伏的城市生活，当代诗歌要有海纳百川的勇气，包孕表达城市生活的多种技巧和能力，才能更好表现出当代都市庞杂无边、宏大复杂的多元化生活。

感谢入选本书的每一位城市诗人悉心为我们赖以生存的都市留下了一幅幅时代的剪影。每一首诗仿佛一个动人的音符，一起汇成了一首多元共生的当代中国城市诗歌交响曲，每一个诗人发出的生命之音最终将汇入万籁轰鸣的时代华章。

期待中国当代诗歌由此向着现代化之路再迈进一步。

瑞萧（执行主编）
2024年10月 上海

图书在版编目(CIP)数据

迎向太平洋的风：城市诗人 2023 / 上海城市诗人社编. -- 上海：上海社会科学院出版社，2024. -- ISBN 978-7-5520-4583-3

Ⅰ. I227

中国国家版本馆 CIP 数据核字第 2024CL4780 号

迎向太平洋的风——城市诗人 2023

编　　者：上海城市诗人社
主　　编：孔晓敏　高雯珺
执行主编：瑞　箫
责任编辑：包纯睿　陈如江
封面设计：周清华
出版发行：上海社会科学院出版社
　　　　　上海顺昌路 622 号　邮编 200025
　　　　　电话总机 021-63315947　销售热线 021-53063735
　　　　　https://cbs.sass.org.cn　E-mail：sassp@sassp.cn
照　　排：南京理工出版信息技术有限公司
印　　刷：上海盛通时代印刷有限公司
开　　本：889 毫米×1194 毫米　1/32
印　　张：8.75
字　　数：172 千
版　　次：2024 年 11 月第 1 版　2024 年 11 月第 1 次印刷

ISBN 978-7-5520-4583-3/I·563　　　　　　　　定价：58.00 元

版权所有　翻印必究

Wind

towards the Pacific Ocean